E.-M.-X. PEYRE

DE MONTPELLIER

RÉCRÉATIONS

POÉTIQUES

AVEC COMMENTAIRES

Précédées d'une Préface

PAR M. FERDINAND FABRE

BÉDARIEUX

J.-P. AUDIBERT, LIBRAIRE-ÉDITEUR

—

1855

RÉCRÉATIONS POÉTIQUES

MONTPELLIER. — TYPOGRAPHIE DE BOEHM.

RÉCRÉATIONS

POÉTIQUES

AVEC COMMENTAIRES

PAR

E.-M.-XAVIER PEYRE

DE MONTPELLIER

Précédées d'une Préface

PAR M. FERDINAND FABRE

BÉDARIEUX

J.-P. AUDIBERT, LIBRAIRE-ÉDITEUR

—

1855

PRÉFACE

Paris, le 1 mai 1855.

I

Vers le commencement du mois de juin 1855, M. le comte de Salvandy, qui venait de lire mon livre, les *Feuilles de Lierre* *, et de le juger d'une façon beaucoup trop flatteuse sans doute,

* *Feuilles de Lierre*, chez Charpentier, Palais-Royal.

1

me fit l'honneur de m'inviter à une soirée littéraire qui devait avoir lieu chez lui. N'ayant
assisté jusque-là qu'à des réunions de jeunes
gens où on lisait vers et prose, où toutes les
questions d'esthétique étaient agitées, où les
œuvres signées des plus grands noms étaient
passées au crible de la critique, mais tout cela
avec une liberté d'esprit et une aisance d'allures parfaites, je ne me figurais guère ce que
pouvait être une assemblée d'hommes, célèbres
pour la plupart, discutant eux aussi leurs idées
et se faisant la confidence de leurs manuscrits.

Comme il avait été bruit dans Paris d'un
travail fort remarquable de M. de Salvandy,
intitulé *les Quatre Solitudes* *, je ne doutai pas
que l'illustre académicien n'en lût quelques
pages ; j'espérai aussi que M. Villemain com-

---

* *Les Quatre Solitudes* ont paru depuis dans la *Revue con-
temporaine.*

muniquerait à ses amis *les Souvenirs contempo-rains* *, qu'il était en train de revoir; enfin, je me promis des heures délicieuses, et j'atten- dis le soir avec une incroyable impatience.

Dès neuf heures, je passai le frac de rigueur et me dirigeai vers l'hôtel de la rue Cassette. Le salon de M. de Salvandy était envahi. Tout ce que le faubourg Saint-Germain a de femmes élégantes et distinguées, tout ce que Paris renferme de grand dans les lettres, dans les arts et dans les sciences, semblait s'être donné rendez-vous chez l'ancien ministre de l'Instruc- tion publique. L'Académie française surtout y était admirablement représentée.

Cependant le silence régnait depuis quelques instants, et personne ne prenait la parole. Le fauteuil, qu'on avait placé sur une estrade assez élevée, et qui probablement était destiné au

---

* Deux volumes, chez l'éditeur Didier.

lecteur de quelque chef-d'œuvre, restait toujours inoccupé. Je désespérais presque de voir
s'ouvrir la séance, quand un homme parut.
Cet homme monta rapidement au fauteuil,
sourit agréablement aux dames, promena sur
la foule un regard plein de complaisance, et
annonça qu'après avoir déclamé ses poésies
dans leur langue originale, il aurait soin, pour
les personnes qui ne savaient pas cette langue,
de les traduire en français; cet homme, c'était
Jasmin.

Jasmin déclama : *l'Aveugle de Castel-Culier*,
l'Hôpital, *les Jumeaux*, *Ma Vigne*, *Marthe la
folle*, et plusieurs autres pièces dont j'ai oublié
les titres; le succès fut immense. En bien des
endroits, au Théâtre-Français surtout, quand
Mlle Rachel jouait *Camille*, *Phèdre*, *Pauline*,
il m'avait été facile de constater la puissance
de la poésie sur les organisations élevées; mais
jamais je n'avais vu couler tant de larmes,

jamais, moi-même, je n'avais été si profondément ému.

Jasmin n'est pas seulement un poète, c'est aussi un grand acteur. Par son geste rapide, par son regard plein de feu, par sa voix harmonieuse, cet homme vous force à suivre ses petits drames, à vous intéresser à la moindre péripétie et à pleurer au dénouement. Quand Jasmin dit ses vers, il est maître de vous; il faut que votre âme enchaînée passe par toutes les impressions qu'il éprouve lui-même. Il s'établit, dans ce commerce intime du poète avec ceux qui l'écoutent, un rapport de sensations, tantôt douces, tantôt terribles, selon que le sujet qu'il développe est triste comme dans *l'Hôpital*, ou gai comme dans *Ma Vigne*, mais toujours ces sensations sont délicieuses, enivrantes.

Certes, en faisant au déclamateur une si large place, je ne prétends pas le moins du

monde contester le poète. Jasmin est un vrai
poète. Plus que tous ceux qui se sont servis de
sa langue, il sait de quel prix est la forme en
poésie. Son vers, simple et fort, ne boite jamais
sous la rime, et ses strophes se tiennent bien.
Malgré tout ce que M. Mary-Lafon a dit de
l'ignorance du poète d'Agen à l'endroit du dialecte gascon, je persiste à croire que si Jasmin
a laissé dans ses poésies quelques négligences
grammaticales, c'est moins par ignorance que
par ruse. Il disait un jour à un membre de
l'Académie française, qui lui faisait quelques
observations à cet égard : « Je sais où sont les
» fautes qu'on me reproche ; seulement j'ai
» voulu devenir un poète populaire dans ma
» province, et j'ai plus d'une fois écrit la
» langue de mon pays, non comme l'ordon-
» nait une syntaxe rigoureuse, mais simplement
» comme on la parle chez nous. *Je ne devais*
» *pas paraître trop savant.* » Au reste, je con-

seille à ceux qui voudraient se convaincre que
Jasmin a la connaissance la plus profonde du
dialecte de son pays, d'ouvrir le poème de
Marthe. Ce poème est non-seulement un tour
de force comme style ; mais c'est dans cette
œuvre surtout que le sentiment, contenu jusqu'ici dans des cadres trop étroits, *les Jumeaux*
et *l'Aveugle,* déborde enfin tout entier. *Marthe
la folle* est le chef-d'œuvre du poète. Le sujet
en est admirable : Une jeune fille, éperdue d'a-
mour, trahie dans ses espérances, devenue folle
de désespoir, et finalement servant dans les
rues d'Agen de jouet aux enfants, n'est-ce pas
là tout un drame ? Dès le début de l'œuvre,
Jasmin vous saisit par des détails charmants.
Au seuil de *Marthe,* tout est amour, tout est
lumière, tout est joie ; mais à mesure que vous
pénétrez dans le poème, l'ombre se fait et la
tristesse vous gagne le cœur. Il faut étudier
avec quel art le poète a disposé les moindres

détails, avec quelle habileté il s'est servi des différents rhythmes, soit pour précipiter, soit pour ralentir l'action.

Jasmin, qui sait sans doute que *Marthe* est la meilleure de ses inspirations, avait gardé ce poème pour la fin de la soirée. Il le déclama tout entier, s'interrompant de temps à autre pour essuyer ses larmes et pour donner à ceux qui l'écoutaient, le temps de savourer leur émotion. Il m'est impossible de dire avec quels sanglots, avec quel accablement, soit dans le geste, soit dans la voix, il raconta cette lamentable histoire d'une pauvre fille folle d'amour : le poète et l'acteur furent sublimes ! C'est alors que les triomphes de Jasmin dans le Midi, triomphes que j'avais eu toujours bien de la peine à m'expliquer, me parurent légitimes. Je compris que Toulouse eût décerné d'une commune voix les fleurs de Clémence Isaure à cet homme merveilleux,

que Béziers lui eût voté une coupe d'or, et
qu'une femme, après avoir entendu *Marthe*,
se fût avancée vers lui, et, lui présentant son
enfant, se fût écriée avec transport : — « Monsieur ! Monsieur ! embrassez mon enfant !... »

Il était deux heures quand je quittai l'hôtel
de la rue Cassette. Comme la lune était magnifique et que, d'ailleurs, l'esprit agité par une
foule d'idées, je ne me sentais guère disposé
au sommeil, je me hâtai de gagner les quais.
J'étais heureux de penser que j'allais enfin
me trouver seul et me rendre un peu raison
des impressions que j'avais éprouvées. Comment se faisait-il que ni nos poètes classiques,
ni Hugo, ni Lamartine, ni Musset, ni Byron lui-
même, ne m'eussent jamais aussi profondément
bouleversé que Jasmin? Quoi ! le poète de
Marthe était donc plus grand que celui des
Feuilles d'Automne, que celui des *Méditations*,
que celui de *Rolla*, que celui de *Manfred?*.....

1.

Évidemme.. il y avait surprise, ou bien j'étais
devenu fou. Je m'efforçai de rassembler toutes
mes lois d'esthétique, pour résister à mon en-
traînement subit; mais tout mon arsenal de
critique était en désarroi. Je compris alors que
je n'étais pas assez calme pour juger impar-
tialement, et, sans chercher à raisonner plus
longtemps mes émotions, je laissai mon âme
s'abandonner à son enivrement poétique, me
réservant de revenir aux œuvres de Jasmin
quand la fièvre de l'enthousiasme serait passée.

II

Quelques jours après, je lus le livre de
Jasmin. Si cette lecture attentive modifia beaucoup mon opinion à l'endroit de la valeur lit-

téraire de l'œuvre, je n'eus pas de peine
pourtant à m'expliquer l'admiration sans
bornes que cette poésie étrange m'avait inspi-
rée, quand je l'avais entendue pour la première
fois. Certes, Jasmin avait agi sur moi par le
geste, par la voix et par le regard ; mais comment se faisait-il que maintenant, enfermé dans
ma chambre, ne subissant plus sa puissance
presque magnétique, j'arrosasse de larmes les
pages que je parcourais? C'est que la poésie
du poète d'Agen possède, à un très-haut degré,
ce que j'appellerai la fibre sympathique. Les
sentiments les plus profonds sont exprimés
avec une simplicité qu'ont trouvée seuls les
grands poètes; et c'est cette corde vraiment
humaine de la lyre de Jasmin, vibrant çà et là
à travers son œuvre, qui avait été cause de
mes transports.

Aujourd'hui, quand l'homme tend à s'éloigner
de plus en plus de la nature, c'est avec une

sorte d'épanouissement de cœur, qu'on se repose dans un sentiment franchement exprimé.
Les poètes contemporains sont accoutumés à
de tels mensonges, à de telles mièvreries, à
de telles pudeurs, qu'en vérité on doit se hâter
d'applaudir la sincérité, dès qu'on la rencontre sur son chemin. Je ne sais si la vie tout
artificielle que rêvent pour nous les économistes,
serait la meilleure des vies possibles ; mais ce
que je sais bien, c'est qu'une littérature artificielle serait la plus pitoyable des littératures
possibles. Qu'on y prenne garde ! il s'est fait,
depuis 1830, bien des tentatives dans le but de
matérialiser l'art, de le priver de sentiment :
c'est à la critique de veiller. On lit dans *Ober-
mann* : « La vie de l'homme est en lui-même ;
» celle qu'il reçoit de la société n'est qu'acciden-
» telle. » C'est surtout en matière d'art que cette
pensée est vraie. Que le poète se préoccupe
moins du monde extérieur, et qu'il regarde

plus souvent en lui-même. Quand Shakespeare écrivait la scène du Cimetière, dans *Hamlet*, ou celle du Tombeau, dans *Juliette*, il ne songeait pas à faire des tours de force de mots ; il descendait dans les plus intimes replis du cœur humain, pour lui arracher des vérités profondes.

La révolution littéraire de 1830 a été plutôt une révolution de dictionnaire qu'une révolution d'idées ; on a remué beaucoup de mots, mais aucune pensée nouvelle n'a surgi. Sans doute le vers a été assoupli ; mais cet assouplissement du vers date-t-il bien de 1830 ? Je n'ai guère l'intention d'écrire ici l'histoire de l'enjambement : néanmoins les romantiques trouvant l'enjambement après Ronsard et la Pléiade, ressemblent assez, selon moi, à Améric Vespuce découvrant l'Amérique après Colomb. Quoi qu'il en soit, ce fameux enjambement du vers était encore une chose toute matérielle, toute mécanique.

Il est regrettable que Victor Hugo, doué
d'un génie lyrique si étendu et d'un talent dra-
matique si élevé, se soit fait le promoteur de
ce mouvement. Il a perdu beaucoup de sa force
dans toutes ces luttes, et l'art n'y a rien gagné.
Si, au lieu de formuler un système très-discu-
table dans la préface de *Cromwell*, et d'écrire
tant d'autres préfaces dont l'avenir a vite découvert tout le côté puéril et mesquin, il eût laissé
à son âme son libre essor; s'il n'eût pas pris
plaisir à lui borner l'horizon avec les jalons de
sa théorie, à briser, pour ainsi dire, les ailes à
son inspiration, il n'est pas douteux que sa
poésie, si riche de nombre et de forme, ne
l'eût été aussi de pensée, et que son drame,
si brillant d'ailleurs, exécuté d'une façon si
splendide, ne nous eût présenté des *hommes,*
au lieu d'individus conçus le plus souvent en
dehors de l'humanité.

On parle beaucoup d'*éreinter* les romantiques.

Il n'y a pas plus à éreinter les romantiques aujourd'hui, qu'il n'y avait à éreinter les classiques en 1830. Il était évident, vers les dernières années de la Restauration, que la forme caduque de la tragédie ne répondait plus aux aspirations d'une époque nouvelle. Les hommes qui sortaient d'une grande révolution, où ils venaient de se conquérir eux-mêmes, ne pouvaient plus s'intéresser à tous ces Œdipes poursuivis par la fatalité, à toutes ces Phèdres incestueuses, à tous ces Britannicus larmoyants, à tous ces Hippolytes damoiseaux, à tous ces Théramènes bavards; ils étaient hommes après tout, ils avaient des passions, et ils voulaient qu'on les peignît eux-mêmes. Ils demandaient, en un mot, droit de cité dans la littérature, comme ils l'avaient demandé, quelques années avant, dans la politique : c'était logique. Était-ce le moment alors de crier contre MM. Viennet, Jouy et Baour-Lormian? Puisque la Révolution

Française avait tué la tragédie, il fallait laisser
ces braves gens embaumer son cadavre et le
descendre tranquillement au tombeau. Pourquoi ferrailler contre des ombres ? Pourquoi
laisser M. Granier (*de Cassagnac*) crier sur les
toits que Racine était un *polisson?* Si M. Granier
(*de Cassagnac*), au lieu de lâcher la digue à sa
verve gasconne, se fût donné la peine de lire
Athalie, il aurait compris que Racine était un
grand poète, et qu'une poésie n'était pas morte
parce que la forme dans laquelle elle avait été
exprimée, avait vieilli. D'ailleurs, à quoi servent
les violences ? Au lieu de s'acharner à piétiner
dans la cendre des morts, il fallait résolûment
marcher dans les voies nouvelles où la Révolution
vous poussait ; il fallait faire le vrai drame humain que vous aviez rêvé, et ne pas vous eni-
vrer au bruit des métaphores et des antithèses.

Si les romantiques ont failli à leur mission,
que l'avortement de tant de forces nous soit

un exemple! Que la génération nouvelle fasse
l'œuvre qu'ils auraient dû faire, et qu'elle ne
s'amuse pas à batailler. Balzac, dans le roman,
a ouvert la voie. Que les nouveaux poètes méditent son œuvre et jettent à la scène tous ces
hommes aux passions si diverses, si émou-
vantes et si vraies. Je le répète, il est indis-
pensable, pour arriver à faire une œuvre qui
ait des conditions de durée, de se recueillir
longtemps en soi. Il y a, au fond des vallées
suisses, des lacs d'une admirable limpidité,
mais dont le moindre souffle ternit l'azur :
ainsi de l'âme humaine. Elle reflétera tous les
types que vous avez observés, et, si vous êtes
attentif, vous pourrez suivre en elle leurs dif-
férentes transformations. Que le poète donc ne
redoute pas de descendre en lui ! Ceux qui lui
ont dit que le cœur humain est un abîme fan-
geux, se sont arrêtés aux ombres qui flottent
à la surface de cet abîme, et n'ont pas voulu

voir les mille rayons de lumière qui en illu-
minent le fond. Quand on part pour aller à la
conquête d'une grande œuvre, il faut se souvenir que, pour arriver à Béatrix, Dante n'hé-
sita pas à traverser tous les cercles infernaux.

III

En rappelant ce qu'il y a de faux ou, pour
mieux dire, d'anti-humain dans l'œuvre de
la génération littéraire de 1830, je ne suis pas
aussi loin de Jasmin que j'en ai peut-être l'air;
je justifie, au contraire, mon enthousiasme.
Il était évident que mon esprit, fatigué par
une poésie éblouissante sans doute, mais trop
souvent en dehors de la nature, quand elle
n'était pas toute de mise en scène, comme dans

Théophile Gautier, devait se laisser prendre
aux premiers sentiments naïvement exprimés.
Avec ces quelques notes venues du cœur, Jasmin me rangea tout de suite à sa poésie.
Certes, éblouir le lecteur, le subjuguer,
l'étonner, c'est bien quelque chose; mais
l'émouvoir, c'est encore plus. Les romantiques
(j'en excepte Lamartine et Alfred de Musset,
qu'on a voulu, je ne sais pourquoi, enrôler
dans leur phalange, et qui s'en sont tenus
toujours en dehors), les romantiques n'ont pas
connu l'émotion vraie.

Si Victor Hugo eût vécu moins par la tête
et plus par le cœur, à la gloire immortelle
d'avoir fondé la poésie lyrique en France, il
eût ajouté celle d'avoir créé le drame moderne.
Personne, mieux que lui, n'avait été doué
pour accomplir ce grand œuvre ; mais, comme
je l'ai déjà dit, il se paralysa lui-même en
écrivant la préface de *Cromwell*. Dès-lors qu'on

formule un système, on en devient esclave.
Si l'aigle qui plane dans les cieux se bornait
l'horizon, l'infini ne lui appartiendrait plus.
Il faut que le poète puisse voler librement à
travers l'âme humaine, car, elle aussi, est
infinie comme les cieux. Victor Hugo est la
victime de ses théories : le drame moderne est
tout entier à trouver.

Cependant, ce filon d'émotion sincère que je
trouvais dans les œuvres de Jasmin, me donna
envie de lire les divers poètes-ouvriers du
Midi de la France. Il me sembla curieux d'aller
apprendre le sentiment à l'École de ces hommes
ignorant, pour la plupart, les splendeurs de
la forme poétique, mais capables de rendre
par un mot plus vrai les impressions qu'ils
recevaient, par la raison seule qu'ils vivent
plus près de la nature. Je formai le projet de
ne pas m'en tenir seulement aux poètes qui se
sont servis des différents dialectes patois, mais

d'étendre mon étude jusqu'à ceux qui ont écrit en français : il m'importait de me convaincre si le prestige d'une langue plus ou moins musicale, n'entrait pas pour beaucoup dans la sensation qu'ils produisaient.

Je n'ai pas à regretter le temps que j'ai mis à faire ce voyage à travers tant de poètes inconnus. Si mon pied a rencontré bien des ronces et des chardons, ma main a cueilli plus d'une fleur pleine de parfums. Je l'avoue néanmoins, je n'ai nulle part rencontré cette poésie, profonde à la fois par le sentiment, et pure par la forme, dont le poète d'Agen semble, seul, posséder le secret. Parmi les poètes patois, deux seulement méritent d'être cités : Peyrottes, de Clermont-l'Hérault, et Roumanille, d'Avignon. Quant aux poètes français, Reboul, de Nîmes, et Charles Poncy, de Toulon, me paraissent les plus remarquables. Dès cet instant, j'ajoute à ces deux noms celui de

M. Xavier Peyre, de Montpellier, dont je parle-
rai tout à l'heure, car son talent me paraît à
tous égards digne d'être encouragé.

J'ai retenu le titre de deux pièces de Peyrottes: l'une intitulée *le Toit paternel*, l'autre *la
Mort*. La première de ces poésies est un modèle
de grâce et de mélancolie douce et tendre. Le
poète est à Paris ; perdu au milieu de ce vaste
désert d'hommes, comme disait Châteaubriand,
il regrette la patrie absente, la pauvre maison
de son père abritée du vent par les tours du
vieux château féodal. Rien de plus délicieuse-
ment triste que ce *Toit paternel! La Mort* émane
d'une inspiration plus élevée. N'étaient quelques longueurs, cette poésie serait un chef-
d'œuvre. Le vers de Peyrottes, auquel on pourrait reprocher généralement un peu de mol-
lesse, est ici franc et solide ; sa strophe, trop
souvent *lâchée*, résonne admirablement dans
cette pièce de *la Mort*. Je ne doute pas que si

Peyrottes eût rencontré sur sa route une âme
chaude, comme celle de M. de Salvandy, il ne
fût devenu un poète de la valeur de Jasmin. Il
ne rencontra, pour son malheur, que le Juif-
Errant de la critique, M. Sainte-Beuve, et
celui-ci le bâtonna le mieux du monde. Une
telle brutalité ne serait pas excusable, sans
doute, chez un autre écrivain ; mais on connaît
les façons de M. Sainte-Beuve, et on a depuis
longtemps renoncé à le rappeler aux sentiments de dignité et de pudeur.

Quoi qu'il en soit, et malgré les *aménités* de
l'auteur de *Volupté*, Peyrottes est un poète,
et, comme tout homme qui porte en lui le feu
divin de la poésie, il ne doit pas se décourager.
Dans *la Mort*, il y a tout un progrès dans sa
manière ; ses vers témoignent d'un homme qui
pense. Qu'il étudie donc la langue qu'il écrit ;
qu'il se méfie un peu de sa trop grande facilité ;
et puis, qu'il aille. Si la route où marchent

les poètes ensanglante souvent les pieds, qu'il sache que c'est au prix de ce sang qu'on achète l'avenir.

Je ne dirai pas grand'chose de Roumanille, dont il ne m'a été possible de me procurer que deux ou trois pièces; cependant, ces quelques poésies attestant un talent très-élevé, je n'ai pu le passer sous silence. Il y a, dans la facture du vers de Roumanille, tant d'aisance; il a si bien assoupli cette langue provençale, un peu rude de sa nature, que je n'éprouve qu'un regret, c'est de ne pouvoir le juger en pleine connaissance de cause. Je suis certain que ce jugement serait tout en sa faveur.

Je ne m'arrêterai pas longtemps aux poètes-ouvriers qui ont écrit en français. Reboul et Poncy, d'ailleurs, ont été discutés plusieurs fois dans la presse parisienne; et, quoique l'opinion que la critique semble avoir de leur talent, ne soit pas en accord parfait avec la

mienne, je ne bataillerai pas. Je dirai seulement, en passant, que ces poètes français sont
de beaucoup inférieurs aux poètes patois dont
je parlais tout à l'heure. Reboul, Poncy et
bien d'autres, auraient dû comprendre qu'en
répudiant le dialecte souvent si harmonieux et
si poétique de leur province, ils enlevaient à
leur poésie son plus précieux cachet, l'origi-
nalité. Pourquoi ont-ils ouvert le dictionnaire?
Pourquoi n'ont-ils pas pensé qu'en se posant
sur le terrain de la langue française, ils allaient
se trouver en face d'hommes qui, sans avoir
plus d'inspiration et de génie, les domineraient
facilement, étant plus familiarisés avec les secrets de cette langue, et sachant, bien mieux
qu'eux tous, se guider à travers ses mille détours.
Certainement, Poncy a écrit des poésies charmantes, il a trouvé des stances qu'un grand
poète ne désavouerait pas; certainement, les
élégies de Reboul ne manquent pas d'une cer-

taine tristesse mélancolique qui va au cœur.
Mais Poncy écrirait vingt volumes, qu'il res-
terait toujours l'imitateur de Hugo, et Reboul
ferait des milliers d'élégies, qu'on ne le nomme-
rait jamais avant Lamartine. Un poète doit être
avant tout lui-même : Jasmin, c'est Jasmin.

À Dieu ne plaise cependant que je blâme ces
poètes, vraiment distingués, d'avoir écrit les
notes que la Muse chantait dans leur âme, dans
une langue qui ne leur était pas familière. Ils
ont fait, à tout prendre, une œuvre remarquable, et nous devons applaudir. De quelque
endroit que nous viennent les choses belles et
consolantes, de quelque manière qu'elles nous
viennent, pourvu qu'elles nous arrivent, ne
soyons pas trop sévères, réjouissons-nous. Or,
quoi de plus beau et de plus consolant que la
Poésie ! N'oublions pas que si Platon bannissait
les poètes de sa République, Hérodote les ap-
pelait les grands consolateurs de l'humanité,

IV

S'il est une poésie pour laquelle surtout il faille se montrer indulgent, c'est bien pour cette poésie inexpérimentée et timide qui émane directement du peuple. Elle n'est pas ambitieuse, elle ; elle n'affecte pas de grandes allures ; elle est douce, humble, résignée ; elle est écrite, le plus souvent, avec une larme du cœur !

Si la poésie de M. Peyre, que j'ai voulu moi-même offrir au lecteur, car je dois me louer d'avoir été un des premiers à la découvrir, a une forme quelque peu indécise ; si elle n'est pas aussi bien drapée dans ses hémistiches, que celle des poètes que je viens de nommer, elle n'en est pas moins une œuvre de conscience et de talent. M. Peyre est loin de se dissimuler aucun des défauts de son œuvre ; il sait, mieux que personne, par combien de côtés pèchent ses vers : mais il croit que tout homme intelligent né dans le peuple , à quelque degré d'ailleurs que Dieu lui ait départi l'intelligence, doit la manifester , à un moment donné, ne fût-ce que pour la consolation de ses frères.

Il se souvient que, plus d'une fois, quand il était charpentier, un livre l'a aidé à supporter les ennuis de l'atelier et les fatigues du travail. Peut-être que ses vers , œuvre de foi, de religion et d'amour, iront porter l'espoir à quelque pauvre ouvrier, pour qui le jour présent est pénible et mauvais ! C'est cette pensée seule qui a pu le décider à publier ses *Récréations poétiques,* qu'il savait d'ailleurs trop imparfaites pour mériter de voir le jour.

Le plus grand nombre de ces poésies a été écrit au milieu des bruits de l'atelier, ou dans les embarras administratifs d'une charge d'agent-voyer, que M. Peyre eut à remplir plus tard, quand son intelligence eut été appréciée. Oh, vraiment! c'est un beau spectacle de voir un homme, tout en gagnant le pain du corps à la sueur de son front, nourrir son âme des plus hautes inspirations de la poésie! C'est dans ce double exercice de ses facultés matérielles et morales que l'homme nous apparaît dans toute sa grandeur. Quand l'animal accomplit une fonction, quelque mesquine qu'elle soit, il est absorbé tout entier. L'homme seul peut diviser son être et porter simultanément son activité vers deux buts opposés. M. Peyre, rêvant à sa pièce intitulée *Maguelone*, l'écrivant presque dans sa tête, et équarrissant en même temps une pièce de bois, ou levant je ne sais quel plan de chemin vicinal, nous montre l'homme dans toute sa plénitude.

Le principal caractère de la poésie de M. Peyre est le caractère religieux; elle a cela de

2.

commun avec toutes les poésies qui viennent
du peuple. Le peuple, qu'on se plaît tant à
noircir, qu'on s'obstine à regarder comme une
masse inerte, sombre et menaçante, croit
cependant à Dieu. Il serait à désirer que tous
ceux qui affectent d'avoir peur de lui, le com-
prissent mieux et finissent par nous avouer
qu'ils n'ont peur que d'eux-mêmes et de leurs
propres passions. « Celui qui tremble, disait
» un ancien, est déjà bien coupable. » Qu'ils
méditent cette pensée!

Oui, le peuple croit à Dieu et à lui-même,
et c'est ce qui fait sa force. Nous, qui le sermo-
nons si orgueilleusement, à quoi croyons-nous?
Je ne sais. Du moins, si nous sommes scepti-
ques à l'endroit du ciel, avons-nous quelque
foi à la terre? Nos discussions sans fin, et le
peu de cas que nous faisons de nos sentiments
et de nos paroles, nous prouvent suffisamment
qu'il n'en est rien. Quand, après les épaisses

ténèbres du moyen âge, le soleil du XVIᵉ siècle, ce soleil d'émancipation intellectuelle;
se leva, au lieu d'attendre paisiblement que ses
rayons nous eussent pénétrés; nous montâmes
sur les hautes cimes pour le voir de plus près,
et sa lumière nous brûla les yeux. Eh bien!
puisque nous sommes devenus aveugles par
trop de clarté, et que, perdus maintenant
dans la nuit du doute, nous nous heurtons à
toute chose ici-bas, ne soyons pas assez fous
pour vouloir servir de guides au peuple, qui a
patiemment attendu la clarté qui vivifie, et se
prépare l'avenir avec les vertus du passé.

Peut-être trouvera-t-on, çà et là, dans le
livre de M. Peyre, quelques éclats de colère.
L'enfant du peuple faisant des vers, a eu à en-
durer plus d'une humiliation, et s'il lui est
arrivé d'avoir recours aux étrivières, il n'y a
vraiment pas de sa faute. Ceux qui n'ont pas
vécu dans les petites villes de province, ne

soupçonneront jamais ce qu'un homme intelligent, sorti des classes populaires, doit supporter d'ennuis et de vexations. A Montpellier,
M. Peyre, ne quittant guère quelques amis
auxquels il lisait ses vers, n'eut pas à s'aper-
cevoir combien l'esprit provincial est petit et
misérable. C'est à Bédarieux, où il vint remplir les modestes fonctions d'agent-voyer, que
l'envie le mordit pour la première fois.

Il n'est peut-être pas de petite ville en France,
où l'envie, cette vertu si éminemment provin-
ciale, ait des dévots aussi zélés qu'à Bédarieux.
Là, tout le monde se jalouse. Un manufacturier
ne met pas une nouvelle machine en train,
sans que tous les autres enragent. Qu'une
femme, qui avait l'habitude de porter les robes
crochetées jusqu'au cou, s'avise tout à coup de
les échancrer un peu, pour laisser entrevoir
qu'elle a la poitrine bien faite, en voilà pour
quinze jours de chuchotements saupoudrés de

médisance , quand ce n'est pas de calomnie. Il
ne faudrait pas surtout qu'un jeune homme,
au lieu d'aller chez les filles et de passer ses
journées dans l'abrutissement , essayât de se
retirer chez lui, d'y travailler dans le recueillement et de faire un jour acte d'intelligence :
ses efforts seraient accueillis par des hourras
méprisants ou par une froideur odieusement
calculée. Chose étonnante ! ces négociants et
ces boutiquiers de Bédarieux , dont les fortunes
laborieuses sont fort jeunes, puisque les plus
anciennes datent à peine d'un demi-siècle, sont
encore plus envieux qu'avares. Un jour, un de
ces messieurs vend en foire plusieurs mille pièces de drap. « Comment , dit un autre, il a
» vendu tant de pièces ! Je ne puis rentrer à
» Bédarieux, sans avoir vendu plus que lui.»
Et, afin de pouvoir crier à quiconque qu'il
a vendu plus que tout le monde, il donne sa
marchandise à perte..... Il est des envies
sublimes !

Puisque j'en suis tout naturellement venu à
parler de Bédarieux, qu'on me permette encore
un mot.

Il y a, à Bédarieux, je ne dirai pas plusieurs
partis, mais plusieurs coteries misérables, se dis-
putant, de temps immémorial, l'administration
de la ville. C'est une éternelle course au clocher
après l'écharpe aux trois couleurs. Il est curieux d'observer avec quel acharnement, avec
quelles ruses, ces diverses coteries travaillent
chacune à leur triomphe. A les voir s'agiter,
on croirait qu'il s'agit d'un empire ; mais tout
ce remue-ménage plein de colère, de violence,
de haine et de passion, n'a pour but que la
nomination d'un conseil municipal. Il m'a
été donné plusieurs fois d'être témoin de cette
tempête dans un verre d'eau ; et j'avoue qu'elle
m'a fait rire aux éclats, quand elle ne m'a pas
profondément attristé.

Du moins, si pour justifier tout ce tumulte,

il y avait la raison assez sortable de la différen-
ce des opinions politiques ; mais, à Bédarieux ;
il n'y a pas d'opinion politique. Il y a tout bon-
nement des gens qui se croient légitimistes ou
bonapartistes, et qui ne sont que catholiques ;
il y en a d'autres qui se croient républicains.
et qui ne sont que protestants. Je pourrais bien
faire ici un appel à la concorde, et répéter, ce
qui est devenu un lieu commun, que les dissensions religieuses tombent aujourd'hui dans
le ridicule ; mais M. Rivez, un jeune avocat
fort intelligent de la ville, et dont le cœur bat
à tous les nobles sentiments, s'étant déjà
brûlé les ongles à cette besogne *, je craindrais,
avec la pétulance de mon style, d'y laisser les
doigts et peut-être toute la main.

En faisant connaître le milieu insipide, hé-
térogène, et par conséquent délétère, dans

---

* *Notice sur M. le curé Miquel;* broch. in-8°, 1853,

lequel M. Peyre a eu à se développer, j'ai ex-
pliqué toute son œuvre. Évidemment, con-
damné à marcher dans un chemin si étroit, si
raboteux et si exposé à tous les vents qui
glacent l'inspiration, M. Peyre a senti, plus
d'une fois, le découragement le gagner. Peut-
être même eût-il fini par briser sa lyre d'or de
poète, s'il ne se fût trouvé, au milieu de toutes
ces voix métalliques qui ne savaient lui parler, une voix sympathique et réchauffante.
Puisque j'ai déjà nommé M. Rivez, je dois le
remercier publiquement de n'avoir pas laissé
le poète s'abandonner au désespoir, de lui
avoir toujours montré le noble but vers lequel
il devait tendre sans trêve : l'avenir! Nul, mieux
que M. Rivez, n'était propre à ranimer le poète;
familiarisé avec les chefs-d'œuvre de notre littérature, s'occupant lui-même, dans ses moments de loisir, à écrire une histoire de sa
ville natale, histoire dont j'ai lu plusieurs

fragments très-remarquables, et que la critique jugera un jour, il comprit tout ce qu'un cœur de poète fourvoyé dans un monde si peu en harmonie avec ses instincts, devait souffrir, et il prodigua à M. Peyre, devenu son ami, ces paroles d'espérance que les âmes nobles et les intelligences élevées seules savent bien dire. Merci donc à M. Rivez de nous avoir conservé un poète. La Poésie, c'est le feu sacré de Vesta : tous ceux qui veillent à la conservation de ce feu immortel sur la terre, ont droit à notre reconnaissance.

Ferdinand FABRE.

3

A MES LECTEURS

Arrivé au sommet de la côte, et avant de commencer à glisser sur la pente rapide qui mène à l'éternité, je me suis arrêté un instant pour jeter un coup d'œil en arrière, voir le chemin que j'avais parcouru, et dire adieu aux trente-cinq premières années de ma vie. J'ai reporté alors mes souvenirs aux temps de la première enfance; je me suis rappelé les bons et les mauvais jours passés, les amis que j'avais connus et avec qui je m'étais assis sur les bancs de ces écoles, où des hommes humbles et dévoués consacrent leur vie à

l'instruction des enfants du pauvre; carrière toute de désin-
téressement, digne à tous égards de la reconnaissance générale, et de la mienne particullèrement. Oui, l'Institution
de l'abbé de La Salle est une des plus grandes gloires dont
puisse se glorifier l'humanité!

Que sont devenus ces chers condisciples, ces enfants de
la même famille, ces frères en labeur comme en pauvreté?
Les uns portent noblement l'épaulette, les autres se sont
consacrés au sacerdoce, plusieurs, les moins heureux,
gagnent à la sueur de leur front le pain de chaque jour; le
reste, hélas! a payé le tribut à la mort : que Dieu les
reçoive en son sein !

Ce livre, qui est le résumé de toutes les impressions que
j'ai éprouvées depuis que j'ai perdu ma mère, n'était pas
destiné à voir le jour. Écrit pour moi, il ne devait exister
que pour moi, à cause des nombreuses imperfections qu'il
renferme. Du reste, le jugement que je porte moi-même
sur lui, prouvera au lecteur que je ne me suis point abusé
sur son mérite réel, et que je savais parfaitement, qu'en
fait de vers, il en était peu qui se recommandassent autant
que les miens à l'indulgence et à la générosité publiques.

On ne manquera pas de me dire peut-être, que, puisque
je connaissais la médiocrité de mon œuvre, j'ai été dou-

blement coupable de la faire imprimer. Le reproche est juste, je me plais à le reconnaître; mais, dans aucun cas, il ne saurait m'atteindre, car je laisse la responsabilité de cette œuvre à ceux de mes amis qui m'ont engagé à la publier; s'il y a déception, qu'elle soit pour eux tout entière.

Il fallait refuser, observera-t-on, et laisser votre manuscrit sur les rayons de votre bibliothèque. L'observation est exacte encore; mais comment résister à des instances pressantes et réitérées? Tout au plus on peut me reprocher d'avoir été un peu faible; d'ailleurs, si mes poésies n'ont pas atteint le degré de perfection auquel elles auraient dù parvenir, pour mériter les honneurs de la publication, qu'on songe un peu que je n'ai reçu qu'une éducation primaire.

Je sais bien que la critique, plus ou moins passionnée, ne s'arrêtera pas à savoir si j'ai eu ou si je n'ai pas eu à mes dispositions les ressources que procurent de longues études. Un livre paraît, elle s'en empare: c'est son droit. Elle en fait ressortir les beautés et les défauts, sans demander quel est l'auteur, d'où il vient, et de quelle mine il a tiré son or; je sais tout cela, et, je l'avoue, c'est la crainte de la critique qui m'a fait résister jusqu'à ce jour aux sol-

3.

licitations pressantes de mes amis. Dieu veuille qu'ils
n'aient pas à supporter de mécomptes !

Les premières inspirations poétiques me vinrent dès l'âge
le plus tendre. A sept ans je n'avais plus de mère ; mon
père m'avait quitté longtemps avant, je ne l'avais pas
connu. Je fus, après la mort de ma pauvre mère, laissé à
la charge de son frère, brave homme s'il en fut jamais,
mais sans fortune, n'ayant que ses bras pour nourrir sa
famille, qu'il voyait tout à coup s'augmenter d'un hôte. Je
continuai d'aller à l'école jusqu'à l'âge de dix ans, après
quoi j'en fus tiré pour aider mon oncle à gagner le pain
nécessaire à l'existence de la commune famille. Je n'ai
jamais oublié cette époque de ma vie. Je conduisais une
petite voiture que ma tante avait chargée de provisions de
toutes sortes, qu'elle destinait aux ouvriers charpentiers que
mon oncle occupait avec lui à la construction de plusieurs
passerelles sur le canal des Étangs. Un jour, je me dirigeai
tout joyeux, avec mon véhicule, vers le lieu de ma desti-
nation, qui était à l'île de Maguelone, et où j'arrivai le
soir. Le temps étant devenu tout à coup mauvais, nous
désertâmes, pour cette nuit, la barque où l'on couchait
d'habitude, et nous allâmes demander l'hospitalité au mé-
tayer de la ferme voisine. Ce brave homme nous accueillit

avec bonté et nous conduisit, après la veillée du soir, dans un vaste local qui servait de grenier à foin. Quels souvenirs palpitants !

C'était vers la fin du mois de septembre 1830 ; la mer était très-agitée; le vent faisait trembler, en les tourmentant, les petits carreaux des fenêtres ogivales qui répandaient leur jour douteux dans la grande pièce où nous étions couchés sur la paille. J'attendais le jour avec impatience ; il parut enfin , et, avec lui, commencèrent mon étonnement et ma surprise.

Je me trouvai dans une immense pièce où l'on voyait debout, sur des tombeaux, des statues d'évêques et de saints. J'étais, à n'en pas douter, dans quelque antique abbaye. Dès que le jour fut grand , je l'explorai ; je fus étonné des beautés de son architecture. C'est là que je vins rêver tous les jours pendant mon séjour dans l'ile , et ce fut là aussi que j'écrivis mes premiers vers , que je n'ai pas conservés. Voici pourquoi :

Lié par la reconnaissance au doyen d'une Faculté, ce fut lui que je choisis pour juger mes essais. Il ne me fit pas longtemps attendre son jugement. Sans prendre même la peine de me lire, il m'invita à dépenser mon temps plus utilement. « Apprenez à vous perfectionner dans votre art, me

» dit-il : votre état de charpentier, rien que votre état de
» charpentier, voilà pour vous la meilleure des poésies.»
J'avoue que cette façon de juger mes vers me blessa jusqu'à
l'âme, et je ne remis plus les pi 4 chez le sévère et caustique
doyen ; je jetai néanmoins mon manuscrit au feu, et je de-
meurai longtemps sans m'occuper de poésie.

Mais, si je n'écrivais plus, mon imagination de poète
n'était point endormie ; la poésie débordait de mon cœur.
Si je ne transcrivais pas les mots qui remplissaient mon âme,
c'est que je ne trouvais point d'expressions pour les rendre
telles que je les sentais vibrer en moi. Un jour, enfin, je
repris la plume , j'étais affecté d'une peine de cœur : je
venais de perdre l'ange consolateur de ma vie, la seule créature que j'eusse encore aimée dans ce monde ; j'écrivis
Antonia. Malgré les nombreuses imperfections que cette
pièce renferme, je l'ai inscrite en tête de mon livre, parce
qu'elle résume fidèlement les peines morales dont je fus
affecté à cette époque de ma vie.

Dès ce jour commence ma vie poétique ; je lus ensuite les
Méditations de Lamartine, et je me sentis naturellement
porté à l'admiration de ce génie immense.

Dieu a toujours été et sera toujours, je l'espère, le milieu
dans lequel vivront toutes mes idées, toutes mes espérances.

Ce n'est pas que je veuille me faire meilleur que je ne suis,
mais parce que ma conviction intime est que c'est de lui
que tout nous vient. Voilà pourquoi je reconnais sa volonté
dans tout ce qui arrive, que ce soit le bien, que ce soit le
mal. Ma confiance en lui est si grande, que, même dans mes
moments d'adversité et de souffrance, je n'ai point blas-
phémé son nom, et que j'ai, au contraire, toujours béni sa
main puissante. C'est ma mère qui m'a inspiré cette soumission à la volonté de Dieu, et c'est à cette soumission
que je dois d'avoir supporté, avec une résignation entière,
les souffrances de toute sorte qui m'ont accablé à toutes
les époques de ma vie, souffrances qui ne sont connues que
des pauvres enfants orphelins.

Récréations poétiques, tel est le nom que j'ai donné à
mon livre. Ce furent en effet mes récréations pendant longtemps, après les durs labeurs de l'atelier ce furent encore
mes récréations, lorsque, plus tard, devenu modeste fonc-
tionnaire, je consacrais à la poésie les courts instants que me
laissaient les exigences d'un service pénible et laborieux.
J'ai préféré ce titre, parce qu'il justifie jusqu'à un certain
point les imperfections que mon livre renferme.

X. PEYRE.

ANTONIA

PREMIÈRE RÉCRÉATION

—

ANTONIA

———

Elle n'est plus ! la mort, épuisant la souffrance,
A brisé d'un seul coup cette chère existence,
Étonnante beauté que le sort m'envia :
Puisqu'il faut qu'ici-bas toute chose succombe,
Je pourrai dire au moins que j'ai creusé la tombe
De ma divine Antonia !

Elle est là ! dans ma main la sienne s'est glacée ;
Je ne la verrai plus ma chaste fiancée !
Adieu, fille du Ciel, ange que j'aimais tant ;
L'auréole qui brille à ton front de vestale,
La couronne qui ceint ta tête virginale,
  Te font plus belle en cet instant.

Antonia ! ce nom, qui fut tout un mystère,
C'est le rayon du ciel qui m'a lui sur la terre.
Que faire maintenant, seul, sans guide et sans foi ?
Pourquoi la prenez-vous aux voûtes éternelles ?
Est-ce donc pour mourir que les fleurs sont si belles ?
  Mon Dieu ! mon Dieu ! laissez-la moi !

A mon Antonia j'avais voué ma vie,
Seigneur, pourquoi sitôt me l'avez-vous ravie ?
Il fallait me frapper, j'aurais subi mon sort.
Pour sauver cette enfant, que tout mon être adore,
Pour que sous ce beau ciel elle restât encore
  Je t'aurais embrassée, ô Mort !

Antonia ! d'ailleurs cette main qui te touche,
Cette bouche qui cherche un souffle sur ta bouche,
Ce cœur qui ne bat plus que pour garder sa foi,
Mon âme, enfin, mon âme, étincelle immortelle,
Va te suivre de près dans la vie éternelle ;
    Je ne puis plus vivre sans toi.

Antonia ! depuis que Dieu me l'a ravie,
Je porte tristement le fardeau de la vie ;
Chaque jour n'est pour moi qu'un long cri de douleur.
Je me couche le soir avec la mort dans l'âme,
Sans cesse poursuivi par l'ombre d'une femme
    Qui se brisa comme une fleur.

Adieu ! mais au revoir, va, cherche dans l'espace
Ce Ciel où près de toi je veux avoir ma place,
Lorsque je quitterai ce monde détesté.
A tout jamais alors nos deux âmes ravies
Formeront un seul nœud et confondront leurs vies
    Au sein de l'immortalité !

Mort, je ne te crains plus ! frappe, ton bras terrible
Me trouvera toujours à ses coups insensible ;
Aiguise contre moi ton aiguillon fatal !
Et quand j'aurai lassé ton infernal génie
Je dirai : Frappe encore, ô Mort ! je te défie ;
  Peux-tu me faire plus de mal ?

O viens, mon dernier jour, viens, mon heure dernière,
Allons, mon âme, allons, va revoir la lumière ;
Quitte ce corps impur auquel Dieu te lia.
Légère, prends ton vol vers la céleste voûte ;
La Mort, la douce Mort, vient de t'ouvrir la route
  Qui mène vers Antonia !

COMMENTAIRE

DE LA PREMIÈRE RÉCRÉATION

———

A peu de distance de Montpellier, sur la rive gauche du Lez, en face du cimetière Saint-Lazare, on remarque, entre toutes les petites masures qui l'entourent, une maison blanche, isolée sur un plateau qu'elle domine et encore inachevée. C'est là que se réunissaient le dimanche quelques amis, honnêtes et laborieux ouvriers, qui, dès le matin, désertaient la ville et venaient passer là leur journée de repos, et y goûter les délices de la campagne.

Le maître de la maison était un brave homme s'il en fut jamais ; il se montrait heureux de l'hospitalité franche et cordiale qu'il donnait, et qu'il avait la satisfaction de voir accepter par de nombreux amis. Sa femme, douce et bonne, en faisait les honneurs avec une simplicité et une amabilité charmantes. Sa famille se composait de quatre jeunes filles, toutes également charmantes, toutes également jolies.

4.

L'aînée surtout, soit parce qu'elle était plus âgée que ses autres sœurs (elle avait alors seize ans), soit qu'elle portât dans le cœur le germe de la maladie qui devait l'emporter plus tard; l'aînée, dis-je, était un modèle étonnant de grâce et de beauté. Son extrême pâleur, la pureté de ses traits, son regard langoureux et fier, en faisaient l'idéal le plus parfait de la Création. C'était, je crois, un de ces esprits célestes qui s'échappent parfois des voûtes éternelles pour faire une apparition sur la terre, et qui disparaissent ensuite laissant l'homme dans le ravissement, après lui avoir fait entrevoir les délices de la vie à venir.

J'étais alors un des plus assidus à ces réunions du dimanche. J'aimais Antonia (c'est ainsi que se nommait l'aînée des quatre sœurs) et j'en étais aimé; un doux sourire, un regard gracieux étaient ma récompense, et le soir je m'en revenais heureux.

Hélas! mon bonheur n'était que passager, il allait avoir un terme: Antonia était atteinte d'une maladie de langueur. En peu de temps le mal se développa et fit d'effrayants progrès; quinze jours après elle était aux portes du tombeau! Elle me fit appeler quelques instants avant sa mort; et je n'ai pas besoin de dire quels furent mes regrets, ni de compter les larmes que je répandis : quelques heures après elle avait rendu son âme à Dieu, elle était montée au ciel.

Le lendemain, deux hommes suivaient en silence le char funèbre qui emportait à sa dernière demeure les restes mor-

tels d'Antonia ; un prêtre les précédait, psalmodiant les
cantiques des morts. Le cortége s'arrêta bientôt devant la
petite maison blanche; alors, ces deux hommes prirent le
cercueil et l'emportèrent dans la masure ; ils veillèrent et
prièrent toute la nuit. Le lendemain, ces mêmes hommes
creusèrent eux-mêmes la fosse qui devait recevoir ces restes
chéris, et ils prirent de nouveau le cercueil, le descendirent,
lui dirent un éternel adieu, et refermèrent la tombe pour
l'éternité.

Ces hommes n'étaient autres que le père et le fiancé de
la pauvre Antonia!

Les réunions ont cessé à la masure; seize années se sont
écoulées depuis et les murs portent encore le deuil d'Antonia.

La nuit suivante, je composai cette première Récréation!

TRISTE JUSQU'A LA MORT

DEUXIÈME RÉCRÉATION

—

TRISTE JUSQU'A LA MORT

———

Tu ne rends plus de sons, ô lyre bien-aimée ;
Hélas ! par la douleur mon âme consumée,
Erre autour du tombeau, comme une ombre animée
Voltige en feux follets sur la cendre des morts,
Alors que du feu saint l'étincelle allumée,
S'élève vers le ciel en sublimes efforts.

Plus d'espoir de bonheur sur cette pauvre terre.
Depuis le jour maudit où j'ai perdu ma mère,
Le monde n'est pour moi qu'un vaste cimetière
Où sont ensevelis mes rêves d'autrefois;
Où l'homme disparaît so   n peu de poussière,
Où l'homme est toujours sûr de porter une croix !

O toi, Muse ! pour qui mon cœur d'amour déborde,
Dans les rares instants que la douleur m'accorde,
Si ma main de ton luth peut toucher une corde,
Viens unir à mes vers tes sons mélodieux !
Qu'en ce dernier moment le Tout-Puissant l'accorde,
Je veux, par un beau chant, te faire mes adieux.

Ah! que de fois les sons de ta douce harmonie,
Ont suspendu les pleurs de mes nuits d'insomnie !
Oui ! jusqu'au dernier jour de ma longue agonie,
Quand je vois s'entr'ouvrir les portes du tombeau
Et que d'un voile noir se couvre mon génie,
Muse ! j'écoute encor, ton langage est si beau !

Adieu donc, car, pour moi, la vie est bien passée!
Ma voix faible s'éteint et ma langue est glacée;
Mes sens sont affaiblis ainsi que ma pensée,
Et mon âme est, hélas! flétrie avant le temps.
Ma sentence, Seigneur, est déjà prononcée,
Pitié! mon Dieu, pitié! je meurs à mon printemps!

Et puis, demain, demain, par un soir froid et sombre,
Pauvre déshérité, j'irai grossir le nombre
De tant d'êtres déçus qui reposent dans l'ombre,
Victimes comme moi de la fatalité;
Étrange vision, dans l'abîme où je sombre,
Je retrouve et ma lyre et l'Immortalité!

H.

COMMENTAIRE

DE LA DEUXIÈME RÉCRÉATION

—

Après la mort d'Antonia, le découragement s'empara de mon âme; j'avais la vie en horreur, je serais mort avec joie. C'est dans un de ces moments de suprême tristesse que j'écrivis les strophes de la deuxième Récréation.

LA DERNIÈRE CROISADE

TROISIÈME RÉCRÉATION

—

LA DERNIÈRE CROISADE

POÈME

——

I.

Et, tandis que la France en vains efforts s'épuise
Et tombe, à chaque pas, de surprise en surprise,
Au milieu des lacets de mille novateurs
Qui se donnent tout haut pour des libérateurs;

5.

Tandis que les partis, toujours impitoyables,
Soufflent au fond des cœurs leurs haines implacables;
Quand le flot monte, monte et va tout engloutir,
Quand le vieux monde croule et va s'anéantir,
La ville du saint Roi *, sur son antique rade,
Se meurt en attendant la dernière Croisade.
C'est en vain que ses fils, du haut de leurs remparts,
Appellent dans ses murs les nobles étendards :
Tout est sourd à leurs cris; les échos infidèles
Leur refusent toujours le secours de leurs ailes ;
Et le pâtre, le soir, au passant étonné,
Montre du bout du doigt un port abandonné,
Une mer qui s'enfuit et la plage déserte,
Le deuil localisé dans cette masse inerte,
Vieux reste de grandeur d'un âge qui finit
Et que rappelle encor un socle de granit **.

* Aigues-Mortes.
** Monument élevé à saint Louis par la ville d'Aigues-Mortes.

II

Et, depuis les combats de cette époque immense,
Six siècles sont passés, six siècles de silence!
Depuis ce temps aussi la ville Sainte dort
Du sommeil éternel dans les bras de la Mort!
Et le tombeau du Christ, sur la terre d'Asie,
Voit trôner dans son sein le schisme et l'hérésie,
Et, durant six cents ans, l'Europe sur son front
En a gardé la tache et dévoré l'affront!
Quand le peuple de Dieu, moins heureux que Moïse,
N'a pas vu l'horizon de la terre Promise;
Quand le monde chrétien, dans son culte outragé,
Tombe avec ses martyrs, morne et découragé;
Quand le rêve béni des pèlerins célèbres
Demeure enveloppé dans d'épaisses ténèbres;
Quand la foi s'affaiblit et semble trébucher;
Quand l'Espagne n'est plus qu'un immense bûcher;

Quand Rome avec fureur souffle le fanatisme,
Et que les Borgia préparent le grand schisme ;
Quand le vaisseau sacré , jeté sur un écueil ,
Fuit devant la tempête et se couvre de deuil.....

. . . .

. . . .

III.

Mais l'heure va sonner, car le monde s'agite.
Est-ce encore Louis ? Est-ce Pierre l'Ermite ?
Est-ce vous, Valéry, Guillaume de Patay,
Lancelot de Saint-Marc , Guillaume Courtenay,
Robert de Gencelyn , Baudouin , Longueville ,
De Guynes , de Saint-Pol, Raoul , Jehan de Ville ,
Gérard de Campendic , Itier, Mahic de Bois ,
Le Fourrier de Verneuil et Gérard de Marbois,
Aubert de Longueval et Pierre de Mouleignes ,
Le maréchal de Flandre et Florent de Varennes,
Avec vos légions de nobles chevaliers ;
Vos deux mille vaisséaux avec leurs fins voiliers ?

Est-ce vous que je vois, illustres pèlerines ,
Priant, comme autrefois , au milieu des ruines ;
Partageant les périls et mêlant votre voix
Aux chants victorieux des soldats de la Croix?
O reine Marguerite, et vous, belle Henriette *,
Armant les chevaliers sous les murs de Damiette ?
Et des nombreux croisés la foule qui se meut,
Répétant avec vous : En avant ! Dieu le veut !

IV.

Ah ! ne tressaille pas , mémoire d'Aigue-Morte,
Ta grandeur est passée : elle est morte ! bien morte !
Les siècles ont vieilli ta ceinture de fer ;
J'ai hâte d'en sortir pour n'y pas étouffer.
J'honore cependant tes pieuses reliques ;
Pour le culte des morts je n'ai point de répliques :.

* Henriette de Saint-Pol.

L'enfant aime sa mère en sortant de ses flancs,
Et moi je m'attendris devant les cheveux blancs.
Et vous ! mânes épars d'une race si fière,
Pourquoi de vos tombeaux secouer la poussière ?
Pourquoi vous agiter en montrant l'Orient ?
La foi n'inspire plus les peuples d'Occident.
Restez ensevelis dans vos funèbres langes,
Car Chypre ne craint plus vos nombreuses phalanges ;
Car le Croissant triomphe : il a vu sans effroi
Se dresser devant lui l'ombre de Godefroy ;
Car pour tous ses efforts votre vaillante armée
N'a pu que recueillir un peu de renommée ;
Car l'Occident enfin à la voix de vos preux,
Ne se lèverait plus pour combattre avec eux !

V.

Oui ! reposez en paix dans vos sombres demeures ;
Le temps, ce grand vainqueur, qui dévore les heures,

Saura bien, sans combattre, envers et contre tous,
Faire céder la force et triompher sans vous !
Sans répandre le sang, ce guerrier magnifique
A déjà commencé sa lutte pacifique ;
Et les peuples bientôt fraternisant entre eux,
Viendront faire alliance aux portes des Saints-Lieux !
Plus de rivalité, d'indignes méfiances ;
Frères de tous pays, de toutes les croyances,
Sur le tombeau du Christ, sans faux respect humain,
Frères ! embrassons-nous et donnons-nous la main.
Que la fraternité soit pour tous l'arche sainte,
Et que la liberté renaisse en Terre-Sainte ;
Que le Juif, le Chrétien, et l'Arabe et l'Anglais,
Puissent là, comme ailleurs, aller prier en paix.
Et vous, prince éminent *, d'une gloire plus pure
Pourriez-vous illustrer votre Magistrature ?
Ouvrir à l'Univers les portes de Sion :
Quelle grandeur offerte à votre ambition !

* Napoléon III, alors président de la République.

LA DERNIÈRE

VI

O toi ! qui parcourus la terre des miracles *,
Barde saint, par qui Dieu fit rendre des oracles,
Toi, que je lis, le soir, au coin de mon foyer,
O toi qui, le premier, m'appris à bégayer,
Dans tes chants immortels écrits en traits de flamme,
Le langage des saints, la musique de l'âme,
Dis, as-tu vu descendre et remonter au ciel
Les chœurs mystérieux dont parle Ézéchiel ?
Du Grand Supplicié l'histoire est-elle vraie ?
As-tu placé ton doigt et ta main dans sa plaie ?
Incliné ton beau front dans les lieux consacrés
Où se sont accomplis les mystères sacrés ?
As-tu vu s'envoler, au sommet du Calvaire,
L'âme du Grand Martyr que le monde révère ?

* Lamartine; *Voyage en Orient.*

Enfin, as-tu prié, fortifié ta foi,
Sur le marbre glacé du tombeau du saint Roi ?
Dieu ! que j'aime à te suivre, ami, sur les rivages
Où ton puissant génie a calqué ses images,
M'égarer avec toi ! quel bonheur ! quel trésor !
C'est découvrir la mine où tu puises ton or.

VII.

Ah ! si je puis jamais, si le ciel me destine
A te fouler un jour, terre de Palestine,
Je veux te parcourir, te toucher de ma main,
Aller tremper mon front dans les eaux du Jourdain,
Visiter le Tabor et les grottes d'Élie,
Aller à Jéricho, passer à Samarie !
Aux cimes du Carmel j'irai me recueillir
Et voir planer au ciel les grands aigles de Tyr !
Saluer en passant l'antique Césarée,
Les cèdres du Liban, l'aride Galilée,

6

Les puits de Salomon , le lac Génézareth ,
Et prier au berceau du Roi de Nazareth !
Je porterai ma foi , mes prières plaintives ,
De la maison d'Hérode au Jardin des Olives ;
J'irai sur le Calvaire humilier mon front ,
Puis déchirer mes pieds aux roches du Cédron !
Une fois accompli ce rêve de ma vie ,
Je serai tout à vous , *Amour ! Dieu ! Poésie !*
Devise d'un grand cœur, dont la noble fierté
Bondit pour la patrie et pour la liberté !

COMMENTAIRE

DE LA TROISIÈME RÉCRÉATION

Lorsque j'écrivis ce poème, la question des Lieux-Saints occupait les diplomates, et nul ne pouvait prévoir alors que, d'*une querelle de moines* et d'une question de préséance relativement à l'église du Saint-Sépulcre, dût sortir la guerre européenne. L'empereur Nicolas n'avait pas encore, à cette époque, laissé deviner ses prétentions monstrueuses sur l'empire de Byzance, et le monde chrétien ne soupçonnait pas que de la rivalité entre les Églises grecque et latine dût surgir une conflagration universelle.

Au moment où j'écris ces lignes, des milliers de braves entourent les murs de Sébastopol, ce boulevard de la puissance russe dans la mer Noire. Tout fait espérer que sous peu de jours cette forteresse, réputée inexpugnable, sera tombée au pouvoir de notre vaillante armée *, et que tout

---

* L'événement a justifié mon opinion; Sébastopol a été pris le 8 septembre.

cédera aux efforts de nos aigles victorieuses. Dieu veuille qu'après ce brillant fait d'armes, le czar se décide à cesser une résistance inutile et désespérée, et que son orgueil ne l'entraîne pas à continuer une guerre qui a déjà atteint des proportions formidables!

Ainsi, au lieu d'une croisade pacifique que j'ai voulu chanter, c'est une guerre gigantesque qui commence, c'est une véritable croisade qui se prépare; fasse le Ciel que ce soit la dernière! Le 25 août 1248, un roi de France, précédé de l'oriflamme et portant la panetière et le bourdon, insigne du pèlerin, ayant à sa suite une reine, des princes et l'élite de sa noblesse, s'embarquait pour la Terre-Sainte, à bord de la nef royale, commandée par l'amiral français Florent de Varennes; le port d'Aigues-Mortes avait peine à contenir les dix-huit cents vaisseaux qui devaient transporter en Orient les soixante-trois mille croisés dont se composait l'expédition. Six siècles plus tard, en 1854, un empereur de France*, précédé d'une nombreuse flotte et d'une vaillante armée, s'est aussi embarqué pour arracher cette même terre, arrosée et fécondée par le sang des soldats de saint Louis, à la tyrannie des barbares du Nord. Émouvant et magnifique spectacle! Autrefois, le mot

---

* Napoléon III était prêt à s'embarquer pour la Crimée, lorsque j'écrivais ces lignes; des raisons d'État l'obligèrent à renoncer à ce voyage.

do ralliement de tous les nobles preux était : Dieu le veut !
c'est-à-dire , Liberté ! — Aujourd'hui, le mot de ralliement
de nos braves est encore Liberté ! Ce cri, qui fut celui de nos
pères, a retenti sur les bords du Danube et dans les plaines
de la Crimée. L'arbre a déjà pris racine et grandit tous les
jours; bientôt il étendra ses rameaux protecteurs sur toute
la surface du globe , et tous les peuples viendront s'abriter
sous son ombrage pour signer entre eux la paix universelle.
J'écrivis cette Récréation après avoir lu le *Voyage en Orient*
de M. de Lamartine, encore sous l'inspiration des émotions
que j'avais ressenties et que ce brillant génie a laissées dans
mon âme. Oui ! le rêve de ma vie, ce que je désire le plus
en ce monde , c'est un pèlerinage à Jérusalem , un voyage
en touriste sur la terre biblique, une visite au tombeau du
grand Régénérateur du monde. Voilà ma dernière, ma seule
ambition , voilà quels sont mes vœux. Fasse le ciel qu'ils
soient un jour exaucés et que mes désirs s'accomplissent !

6.

LE RÊVE

QUATRIÈME RÉCRÉATION

LE RÊVE

Un ange, au beau regard, au front pur, au pied leste,
Dans un songe charmant m'apparut l'autre jour ;
J'ai gardé dans mon cœur cette image céleste,
Avec qui je voudrais pouvoir rêver d'amour !

Dans un lieu retiré, sous un épais feuillage
Ignoré des vivants, l'ange m'avait conduit ;
Un mystère profond régnait dans le bocage,
L'astre du jour mourant faisait place à la nuit ;
L'étoile de Vénus se levait radieuse,
Pour éclairer ces lieux de ses feux languissants ;
Et de mon ange alors la voix mélodieuse,
Fit entendre à mon cœur ces généreux accents.

« Je t'aime, disait-il, plus qu'on n'aime son frère ;
» Je t'aime d'un amour qui n'est point d'ici-bas ;
» Je t'aime ! Après mon Dieu c'est toi que je préfère ;
» O je t'aime, vois-tu, comme l'on n'aime pas ! »
Aussitôt ses beaux yeux se remplirent de larmes,
Une douce pâleur couvrit son front charmant,
Et, glissant dans mes bras, me confiant ses charmes,
Mon ange se mourut d'évanouissement !

Éperdu, fou d'amour, j'admirais en silence
Ce visage divin, portrait du Créateur ;

Lorsqu'avec le réveil , ma dernière espérance
S'évanouit ainsi que ce rêve menteur.
S'élançant aussitôt vers l'immortelle voûte,
Mon ange s'envola, me laissant soucieux ;
Il traversa les airs, et s'en alla, sans doute ,
Par le chemin secret qui mène dans les cieux !

COMMENTAIRE

DE LA QUATRIÈME RÉCRÉATION

J'écrivis ces vers dans mon lit, après un de ces rêves, que Dieu envole quelquefois aux hommes sur la terre, pour leur faire ressentir et goûter les délices du Paradis. Ils sont la traduction exacte des impressions de mon âme, telles que mon imagination ardente les reçut dans un de ces rares instants, où la pensée, s'élevant au-dessus des sphères de ce monde, s'envole vers le ciel, d'où elle est descendue, pour se mêler aux esprits qui l'habitent et rendre hommage au Créateur. Pour la première fois, depuis bien longtemps, je fus un instant heureux.

ADIEUX A LA VIE

CINQUIÈME RÉCRÉATION

—

ADIEUX A LA VIE

Souvenir d'une jeune personne morte le 29 mars 1850
à l'âge de seize ans

———

ÉLÉGIE

I

Pourquoi pleurer ainsi? Viens, écoute, mon père;
Ta fille en te quittant va rejoindre sa mère,
Et ce soir leurs deux cœurs, réunis pour toujours,
Dans le ciel tous les deux veilleront sur tes jours.

Ton enfant du Seigneur implorera la grâce,
Sa mère à nos côtés préparera ta place,
Car un jour avec nous tu viendras habiter
Le céleste séjour, pour ne plus nous quitter.
Courage donc alors, père, que ton envie
Soit d'aller nous trouver dans la nouvelle vie;
Ne te lamente pas sur mon malheureux sort;
Je suis calme, vois-tu, je ne crains point la mort.
La vie est-elle un bien? d'ailleurs, il faut le rendre;
Celui qui le donna peut toujours le reprendre;
Il peut, comme il lui plaît, frapper à chaque instant
Le bon et le mauvais, le simple et le savant.
Devant sa volonté tout fléchit, tout s'arrête;
Il m'appelle aujourd'hui : mon père, je suis prête.

II

Je l'aime, cependant, ce monde que je quitte !
Beaux jours, amusements, que vous passâtes vite !

Que de regrets, hélas! me suivent au tombeau!
Et toi, doux avenir que tu me semblais beau,
Le jour, où revêtant la blanche mousseline,
Mon cœur reçut en soi la pâture divine!
Tu t'ouvrais devant moi brillant comme un trésor
Où je voyais mon nom écrit en lettres d'or.
J'entends encor les cris de la foule joyeuse,
Se pressant pour me voir.. Dieu! que j'étais heureuse,
Le jour où prosternée aux pieds de l'Éternel,
Ma bouche prononça le serment solennel!
Alors que je m'assis à la table mystique
Avec tous les élus sous le sacré portique!
Attrayants souvenirs! dans les lieux consacrés,
Les vierges entonnaient les cantiques sacrés;
On semait les chemins de fleurs et d'immortelles,
Les anges se montraient aux voûtes éternelles,
Des chœurs psalmodiant de célestes refrains,
Suivaient en balançant les bannières des Saints!
Je vous ai vu passer, chrétienne théorie;
Vous me rendîtes doux l'exil de cette vie.
Adieu! temple divin où Dieu fait ses élus!
dieu! digne pasteur, vous ne me verrez plus!

7.

Je sens déjà la mort, inflexible et cruelle,
Réclamer sans pitié ma dépouille mortelle;
Et là!... mon pauvre père, en vêtements de deuil,
S'avancer en pleurant et suivre mon cercueil!

III

Il faut donc vous quitter, ô mes chères montagnes,
Hélas! et vous aussi, mes bien douces compagnes.
Pourquoi dois-je me voir, par un affreux malheur,
Étendue, à seize ans, sur ce lit de douleur?
Adieu! nous n'irons plus ensemble sous nos voiles,
Folâtrer, chaque soir, et compter les étoiles,
Ou bien, dès le matin, attendre à son réveil
L'astre du jour naissant, voir lever le soleil!
Nous n'irons plus aussi cueillir dans la prairie,
Les belles fleurs de mai pour l'autel de Marie!
Nous n'irons plus enfin rêver au fond des bois,
Ou voir sous les berceaux danser les villageois!

Oui ! je les aimais bien ces fêtes de village,
Et la brise du soir , le vent frais du rivage,
Et cette mer d'argent reflétant dans les flots
L'étoile du matin , l'ombre des matelots.
Je te laisse à regret , monde rempli de charmes ;
Mes yeux pour te pleurer trouvent toujours des larmes ;
Demain , mon nom perdu dans un sombre avenir ,
Ne laissera de moi qu'un vague souvenir !

IV

J'obéis, ô mon Dieu ! mais s'il était possible
De retarder encor ce voyage terrible !...
Voyez mon triste sort, par votre volonté
Rendez-moi mes seize ans, mon père , ma santé !
Je vous implore aussi, patronne protectrice,
Mère des affligés, douce consolatrice ;
Vous le savez , en vous j'ai placé mon espoir ;
Ayez pitié de moi, voyez mon désespoir...

Par un suprême effort , ma voix faible et plaintive
S'élève en vous disant : Ah ! faites que je vive !
Écoutez les soupirs d'un père désolé ,
Qu'en ce monde ma mort va laisser isolé.

V

Cependant, si les pleurs d'une grande disgrâce
Devant vous, ô mon Dieu ! n'avaient pu trouver grâce,
Si vous aviez déjà prononcé mon arrêt,
Et si, pour me frapper , votre bras est tout prêt ;
Comme vous le voulez , pour que tout s'accomplisse,
Je vous fais de ma vie un pieux sacrifice ;
Je la tenais de vous , elle vous appartient ;
Sans me plaindre, mon Dieu ! je vous rends votre bien.
Je dépose à vos pieds ma robe d'innocence ;
Pure , j'attends là-haut toute votre clémence ,
De même qu'ici-bas , où j'eus tant à souffrir ,
Je compte aussi sur vous pour m'aider à mourir !

VI

Elle parlait ainsi, la pauvre jeune fille,
Dans ses derniers adieux à sa triste famille ;
Ses yeux, déjà couverts de l'ombre du trépas,
Luttaient contre la mort !... Mais la mort n'attend pas !
Bientôt son front mouillé d'une sueur glacée,
S'assombrit ; aussitôt, comme une fleur passée,
Sa tête s'inclina, son souffle s'éteignit,
Son âme s'échappa du corps qui l'étreignit ;
Et, prenant son essor à la terre étrangère,
Elle se déroba comme une ombre légère,
Laissant, entre les bras de son père éperdu,
Sa dépouille mortelle !... Il avait tout perdu !

COMMENTAIRE

—

J'ai connu en 1850, à Montpellier, où j'habitais alors, une pauvre jeune fille de seize ans, belle comme un ange, douce comme une colombe, bonne et généreuse comme la providence du bon Dieu. Elle était l'enfant unique d'un père qui l'adorait et qui avait concentré sur elle toute l'affection paternelle et maternelle, car elle avait perdu sa mère depuis bien des années. Lorsque je la vis la première fois, elle sortait du couvent de la Visitation, qu'elle avait été forcée de quitter par suite de la maladie de langueur dont elle était atteinte et à laquelle elle succomba plus tard. Pauvre fleur pâlissante! je la vis quelques jours avant sa mort, alors que le souffle de la vie était presque éteint sur sa bouche, et que son âme, esprit céleste égaré ici-bas, secouait déjà ses ailes pour s'envoler dans les régions divines. Je la vis, dis-je, et je crus, en voyant son visage pâle, sa bouche entr'ouverte, expression de la souffrance, ses beaux yeux presque éteints, sa démarche languissante, avoir rencontré le modèle sur lequel furent calquées les vierges de Raphaël.

Elle était pleine de résignation à la volonté de Dieu, et, quoique attachée à la vie, elle ne se laissa jamais aller jusqu'au désespoir. Elle envisageait l'avenir avec le calme du sage, quoiqu'elle ne se fît aucune illusion sur son état. « Il » est triste, disait-elle, de mourir à mon âge ! Que suis-je » venu faire sur cette terre, puisqu'il me faut la quitter » sans la connaître ? Et mon pauvre père ! qui prendra soin » de ses vieux jours ? qui le consolera de ma mort en ce » monde ? » Puis elle parlait de ce beau soleil qu'elle ne verrait plus, de ses jeunes compagnes qu'elle allait quitter, de sa mère qu'elle allait rejoindre dans le ciel. Et lorsque ceux qui l'écoutaient parler ne pouvaient plus retenir leurs larmes, elle cachait les siennes et cherchait à les convaincre de son bonheur à venir.« Ne pleurez point sur moi, disait- » elle, je pars pour un long voyage, mais je vais suivre un » chemin sur lequel nous devons nous rencontrer tôt ou tard. » Notre patrie n'est pas en ce monde ; et si nous y avons » paru, et les uns et les autres, ce n'a été que pour nous » couronner d'épines et porter chacun notre croix. »

Ce furent à peu près les dernières paroles qu'elle prononça avant le délire de l'agonie. Elle s'éteignit doucement

dans les bras du Seigneur, un soir du mois de mars 1850;
le lendemain, une foule nombreuse et recueillie l'accompagnait à sa dernière demeure. Ses jeunes compagnes, vêtues
de blanc, ayant des couronnes de fleurs sur leur tête, la
portèrent jusqu'au cimetière Saint-Lazare, où elles la dépo-
sèrent après s'être partagé, comme de pieuses reliques, les
fleurs et les rubans de sa couronne.

Ce jour-là il y avait, au ciel, un ange de plus !

LES ROCHERS DE CARROUS

8

SIXIÈME RÉCRÉATION

—

LES ROCHERS DE CARROUS

———

Solitaires coteaux, montagnes calcinées
Par le feu des volcans et le poids des années,
Poussière des vallons que la lave a pétri,
Abîmes éternels, horribles paysages,
Dans vos antres profonds, sous vos grottes sauvages,
Pour une fois encor mon cœur s'est attendri.

C'est qu'il est des douleurs qu'une affreuse nature
Semble se partager avec la créature.
Ici, le cœur rempli d'une secrète horreur,
Je sonde en frémissant le fond de chaque gouffre ;
Il me semble vous voir souffrir ce que je souffre,
Ma douleur trouve en vous une égale douleur !

Lorsque j'étais enfant, quand j'eus perdu mon père,
Quand la mort sans pitié m'eut enlevé ma mère,
Quand la vie à mon cœur n'inspirait que dégoûts,
Ah ! si j'avais connu de vos sombres retraites
Les détours ignorés, les cavernes secrètes,
J'eusse voulu pleurer et mourir près de vous !

Près de vous, loin du bruit, mon âme recueillie,
Eût traîné dans l'oubli ma jeunesse vieillie,
Et là, seul avec Dieu, près de l'Éternité,
J'aurais vu s'écouler de ma triste existence
Les jours empoisonnés d'une longue souffrance,
Mon nom enseveli dans votre immensité.

COMMENTAIRE

—

Appelé, en 1849, par les devoirs de ma charge, à la résidence de Bédarieux, je fis, quelque temps après mon arrivée dans cette ville, une tournée générale dans ma nouvelle circonscription, en même temps une ascension sur Carrous, montagne qui domine le beau vallon d'Olargues, et dont la crête majestueuse s'élève à une hauteur de 1,100 mètres au-dessus du niveau de la mer. Un horizon immense se déroule sous les yeux de l'observateur; un panorama magnifique se montre autour des bases granitiques sur lesquelles l'orgueilleux rocher est assis. Ému par le tableau sublime qui s'offre tout à coup à ses regards, suspendu entre le ciel et la terre, le voyageur tombe à genoux et adore !

Je ne me rappelle pas avoir jamais ressenti dans ma vie une émotion plus forte que celle que j'éprouvai le jour de

8.

cette visite. C'était vers le milieu de juin ; j'étais allé coucher la veille à Douch, petit hameau situé sur le plateau même de la montagne ; le lendemain, à trois heures du matin, mon hôte me réveilla et nous gravîmes à pied la pente escarpée du rocher. Le ciel était en feu, et bientôt le soleil, déchirant le voile d'écarlate qui le retenait encore dans ses replis, s'échappa majestueux du sein de l'Océan et monta vers l'horizon, qu'il inonda de ses rayons éblouissants. Quelle magnificence ! Qu'elles paraissaient petites et misérables, les grandeurs humaines, devant les chefs-d'œuvre de la création ! En ce moment ma raison et mon âme étaient en suspens ; il me semblait que je venais d'être transporté dans un autre monde.

J'écrivis ces strophes sur les lieux mêmes, assis au pied d'un bloc immense de granit, d'où ma vue embrassait le tableau palpitant qui se déroulait devant moi.

AIGUES-MORTES

SEPTIÈME RÉCRÉATION

—

AIGUES-MORTES

—

A M. MICHEL CHEVALIER

———

ODE

Sous un ciel embrasé, dans les plaines arides
Où le Rhône, à grands flots, roule ses eaux rapides,
Rivages désolés où l'œil avec douleur
Parcourt un sol ingrat, des plages sans culture,
Où le deuil solennel de la morte nature
    Attriste et fait saigner le cœur,

D'un illustre croisé la main Capétienne,
Dans ces landes fonda la ville égyptienne
Dont la cime des tours domine à l'horizon ;
Remparts majestueux, restes impérissables,
Que ces lieux ont gardé dans leurs déserts de sables,
        Comme leur éternel blason !

Aigues-Mortes ! cité de pieuse mémoire,
Vieux géant désarmé, ta silhouette noire,
Au milieu des vapeurs du liquide plateau,
Se dresse avec orgueil sur ses bases antiques,
Et répercute au loin ses ombres fantastiques,
        Comme un gigantesque tombeau !

A tes vieux cheveux blancs, salut, auguste veuve !
Comme l'eau du torrent qui se perd dans le fleuve,
Des générations sans nombre passeront,
Et tu leur survivras, superbe orientale !
Et devant tes remparts, de naissance royale,
        Les hommes se prosterneront !

J'aime à me rappeler les jours de ta puissance ,
Où tant de nobles preux , l'élite de la France ,
Se rendaient dans tes murs à l'appel du saint Roi !
L'histoire a consacré la mémorable année ,
Où tes flottes, couvrant la Méditerranée,
     Des Barbares étaient l'effroi !

Ton nom en lettres d'or est écrit sur la carte ,
Et la mer qui s'enfuit et lentement s'écarte *,
Murmure en s'éloignant un adieu suppliant.
La vague qui revient et qui reprend la fuite,
Semble vouloir aussi t'entraîner à sa suite
     Vers ton étoile d'Orient.

---

* Une erreur l ngtemps accréditée et avancée par les premiers qui ont écrit l'histoire du Languedoc, Guillaume de
Catel et Pierre Andoque, et plus tard par les auteurs de la
Gallia Christiana : Tilleau de la Chaise, l'abbé Laguerre,
Verlot, Don Vaissette et Astruc, et continuée même de nos
jours, veut que la mer, qui touchait autrefois aux remparts
d'Aigues-Mortes, se soit retirée de plus d'une lieue de là. Cette
opinion a été résolue négativement par des auteurs modernes,
nos contemporains.
  Voy. l'*Histoire d'Aigues-Mortes* , par F. Em. di Piétro , édi-

Ombre de saint Louis ! chaque jour, dans son rêve,
Aigue-Morte aperçoit ta trace sur la grève
Où flottèrent jadis tant d'étendards bénis.
Aux jours de sa grandeur elle se sent revivre,
Et ses fils dévoués se préparent à suivre
        L'oriflamme de Saint-Denis !

Des siècles de la foi tu fus le plus beau lustre ;
Ce que le monde alors avait de plus illustre,
Voulut fouler ton sol, te faire son salut !
Et depuis le guerrier de la sainte croisade,
Jusqu'au grand Empereur qui mouilla dans ta rade,
        Tous t'apportèrent leur tribut *.

J'ai tremblé devant toi, fameuse tour Constance **,
Où des frères en Dieu, martyrs de leur croyance,

---

tion de 1840, qui établit par des faits et des témoignages irré-
cusables, une opinion contraire.

  * Le 14 juillet 1538, Charles-Quint entra dans le port d'Aigues-Mortes, où eut lieu une entrevue entre ce monarque et
François Ier.

  ** Les remparts d'Aigues-Mortes sont dominés par une tour

En confessant leur foi tombèrent les derniers ;
Où les murs des cachots ont conservé les traces
Des sanglots étouffés, des suprêmes disgrâces
    Et des larmes des prisonniers !

Et vous, nobles débris qu'à cette heure je foule,
Sur vos murs profanés et détruits par la houle,
Mon âme a tressailli de crainte et de respect !
Psalmody * ! J'écoutais ta longue mélodie,
Comme le barde saint ** aux déserts d'Arabie,
    Sur les ruines de Balbek !

colossale où était autrefois établi un phare aujourd'hui éteint ;
c'est là que furent enfermés, pendant les guerres de religion,
une foule de protestants. Mlle Durand, des Cévennes, y entra à
l'âge de huit ans; elle n'en sortit qu'à quarante ans, après avoir
vu mourir sa mère dans ses bras. On lit encore sur les murs
intérieurs quelques-uns des noms des prisonniers, que le
temps n'a pas encore effacés.

   * Psalmody est le nom d'une ancienne abbaye autrefois suzeraine de ces contrées, et dont on voit encore les ruines avant
d'arriver à Aigues-Mortes. (Ce nom lui vient sans doute de la
psalmodie continuelle que les moines, en se succédant les uns
aux autres, y faisaient entendre jour et nuit.) Di Piétro ; *Hist.
d'Aigues-Mortes*, pag. 15.

   ** Lamartine.

9

Ah ! si le ciel voulait que ma voix de poète
Se fit entendre un jour dans tes murs, ô Damiette *!
Si les muses m'ouvraient leur immense trésor,
Je voudrais, à ton front où la gloire rayonne,
Ajouter une fleur à ta belle couronne
      Et te rendre ton sceptre d'or !

* Les remparts d'Aigues-Mortes furent construits sur le modèle de ceux de Damiette, par Philippe-le-Hardi, fils de saint Louis.

COMMENTAIRE

— —

Entre les villes de Nimes et de Montpellier est située, comme point intermédiaire, la petite ville de Lunel, que le chemin de fer traverse, et où s'arrêtent les touristes qui vont visiter l'antique cité de saint Louis, laquelle n'est éloignée de là que de quelques kilomètres.

On sait que la ville d'Aigues-Mortes fut choisie par le saint Roi comme point de ralliement des nombreux contingents de croisés qui, de tous les points de l'Occident, s'étaient donné rendez-vous. C'est de son port que des flottes portant des armées nombreuses, firent voile pour la Terre-Sainte, à une époque où tant de vaillants guerriers abandonnaient leur vie aux chances du hasard, afin d'arracher des mains des infidèles le tombeau du Christ.

J'ai visité Aigues-Mortes la première fois en 1836 ; j'avais

17 ans alors ; je venais de quitter Nimes, où je n'avais plus trouvé à m'occuper de mon état de menuisier que je professais alors, et je me dirigeai sur Aigues-Mortes, où l'on m'avait fait espérer de l'ouvrage, et où je ne séjournai que quelques heures, n'ayant pas trouvé ce que j'allais y chercher.

J'étais encore tout impressionné de la grandeur des monuments romains de Nimes ; mais j'avoue que je le fus étrangement, lorsque je vis, dans le lointain, se dresser devant moi la vieille tour de Constance, qui domine les remparts d'Aigues-Mortes ; je voyais se dessiner à ma gauche les ruines de l'abbaye de Psalmody, autrefois suzeraine de ces contrées, et un peu en avant, la tour Carbonnière, bâtie au milieu des marais et sous laquelle est pratiquée une chaussée qui est la seule route qui conduit à l'antique cité. Une vapeur épaisse enveloppait la ligne des remparts, qui étalaient leurs formes colossales dans les horizons lointains, et répercutaient leurs ombres fantastiques au milieu de la mer, du sein de laquelle ils semblaient sortir. Ma jeune imagination s'exalta à cette vue, et ce ne fut qu'à regret que je quittai ces lieux, où j'aurais voulu vivre au moins quelques jours dans la solitude et la méditation.

Je visitai de nouveau Aigues-Mortes, douze années plus ard ; j'étais riche alors, non pas d'argent, mais du nécessaire. J'avais quitté le rabot pour prendre la plume et le compas, et réussi, après les plus dures privations et les

plus rudes épreuves, à gagner au concours le titre modeste d'agent-voyer du canton de Lunel. Ma résidence me
fournissait, par sa proximité, l'occasion de revoir une ancienne connaissance ; c'était du reste une vieille dette que
j'avais à cœur d'acquitter, m'étant promis, lors de mon
premier voyage et en lui disant adieu, de venir un jour
la visiter de nouveau. Je lui tins parole.

Je profitai d'une partie de mer que nous fîmes avec
quelques amis, pour opérer ma seconde visite.

Mon intention n'est pas de faire ici la description dé-
taillée des remparts et de la ville d'Aigues-Mortes, le cadre
nécessairement limité d'un Commentaire ne pourrait y
suffire ; mais on trouvera tous les détails historiques de
l'antique cité dans le savant travail de M. Em. di Piétro.

Je me bornerai à dire que nous mîmes deux heures à
visiter l'intérieur des tours et à contourner les remparts,
lesquels, d'après la chronique, ont été construits sur le
modèle de ceux de Damiette, et donnent une idée assez
exacte des murs de Jérusalem. Nous visitâmes la vieille
église qui, comme au temps de sa fondation, est encore
placée sous l'invocation de Notre-Dame-des-Sablons ; elle
n'a, sous le rapport de l'art, d'autre importance que son
antiquité. Notre guide nous conduisit enfin à la tour Constance, fameuse dans les annales des bastilles, et où furent
enfermées, pendant de longues années, de malheureuses
victimes de nos dissensions religieuses. Les murs des ca-

9.

chois portent encore les noms de quelques-uns de ces prisonniers, qui y restèrent enfermés pendant quarante ans.

J'avais hâte de sortir de ce sépulcre vivant, où il me semblait que la respiration était gênée ; le soir, je dis une seconde fois adieu à Aigues-Mortes.

Ce fut sous l'impression de cette seconde visite, que je composai l'ode qu'on vient de lire.

AMERTUME

HUITIÈME RÉCRÉATION

—

AMERTUME

—

A MON AMI

———

Que faisons-nous, ami, sur cette pauvre terre
Où le sort nous jeta comme un impur levain,
Où tout n'est que souffrance, où tout n'est que mystère,
Où nous attendons tous un jour sans lendemain ?

Hélas ! nous ne portons qu'un regard impassible
Sur le cadran fatal qui marque l'avenir,
Et nous courons après un bonheur impossible ,
Comme si tout cela ne devait plus finir.

L'orgueilleux veut briller, il rampe, il s'ingénie ;
L'avare meurt de faim en couvant son trésor ;
Celui-ci croit en Dieu, celui-là le renie ,
Et la foule hébétée adore le veau d'or.

Sois maudit à jamais, siècle de décadence ,
Où l'on voit s'élever l'absurde ambitieux,
Le sage dans l'oubli traîner son existence ,
La fortune sourire au plus audacieux !

Et sans les démasquer nous regardons ces hommes,
Se traîner à genoux aux pieds de tous les dieux ;
Nous savons leurs secrets, et moutons que nous sommes,
Ils parlent de nous tondre et nous fermons les yeux.

Et nous laissons en paix cette lignée immonde,
Cause de tant de honte et de tous les malheurs,
Outrager la morale et tromper tout le monde,
Se vêtir au grand jour de toutes les couleurs.

Mais patience, ami, tant de morgue insensée
Doit recevoir enfin un digne châtiment :
La justice de Dieu, consolante pensée,
Saura bien abaisser l'orgueilleux insolent.

Éloignons-nous du temple où la foule se presse,
Où la Fortune vend ses faveurs à vil prix ;
L'encens qu'on brûle aux pieds de l'impure Déesse,
Ne m'inspira jamais que dégoût et mépris!

Puisqu'aux oiseaux du ciel Dieu donne leur pâture,
Pour gagner un peu d'or, ruser, tromper ! Pourquoi ?
L'homme simple, qui vit seul avec la nature,
N'est-il pas plus heureux et plus riche qu'un roi ?

Retiré loin du bruit, loin de la multitude,
Le monde n'a pour lui que d'impuissants attraits;
Il trouve le bonheur dans une solitude
Où Dieu répand sur lui la source des bienfaits.

O bienheureux ami! que de fois je t'envie
Ces heures de bonheur, si rares ici-bas,
Ces jours calmes et purs de ta paisible vie,
Et cette paix du cœur que je ne goûte pas!

Car je suis un de ceux à qui la main bénie
Imposa le tourment d'un incessant labeur,
Un poète inconnu, sans talent, sans génie,
Qui depuis le berceau joue avec sa douleur!

Mon père n'était plus! ô souvenance amère,
Suprême désespoir, triste réalité!
Pauvre, en naissant déjà je n'avais plus de mère,
Et j'étais poursuivi par la fatalité.

Et j'ai vécu depuis au milieu de la foule ,
Cachant au fond du cœur mon éternel ennui ;
Et sur mon frêle esquif ballotté par la houle,
Jamais un seul rayon du grand soleil n'a lui.

Mais, quoique sous le coup d'une douleur profonde,
Pendant mes longues nuits de méditation ,
J'éprouve des instants de bonheur en ce monde ,
En voyant les beautés de la Création.

Tandis qu'autour de moi la nature sommeille ,
Et que dans l'univers tout repose sans bruit,
En dépit des méchants je médite et je veille ;
Pour rêver et prier je préfère la nuit.

Car ce sont les instants où l'homme peut entendre
La voix qui parle au cœur, et, dans l'immensité,
Promener son regard comme pour y surprendre
Les suprêmes secrets de la Divinité.

10

Ah! c'est lorsque la nuit laisse tomber ses voiles ;
Quand je suis resté seul, rêveur, silencieux,
Que j'aime à voir briller la lune et les étoiles
A la voûte d'azur qui nous cache les cieux.

De joie et de bonheur je sens pleurer mon âme,
Quand j'écoute au milieu d'un silence éloquent
Les accents modulés par la voix d'une femme,
Qui soupire en veillant auprès de son enfant.

Et si le bruit lointain des nocturnes orgies
Arrive jusqu'à moi du fond de ces palais
Resplendissant des feux de cent mille bougies,
Où se heurte en courant la foule que je hais,

De ces lieux aussitôt je détourne ma vue,
Pour jouir des beautés d'un spectacle plus doux ;
Mon âme vers le ciel s'élève tout émue ;
Le bonheur, ô mon Dieu, ne se trouve qu'en Vous !

Chaque jour vers la tombe, ami, le temps nous pousse;
Là nous trouverons tous la triste égalité ;
Heureux si nous pouvons aborder sans secousse
Au port qui mène droit à l'immortalité !

COMMENTAIRE

—

J'écrivis cette pièce à une époque où la bassesse des intrigues et l'amour immodéré de l'or avaient envahi jusqu'aux derniers rangs de la société. Il arriva un moment où l'on vit des hommes placés au sommet de l'échelle sociale, donner le triste et désolant exemple de la concussion. Un procès célèbre, où se trouvèrent compromises toutes les hautes notabilités de la finance, et même des ministres, acheva de convaincre les plus incrédules ; et lorsque le Pouvoir, trop tard alarmé, voulut arrêter le courant, il se trouva impuissant : le mal avait fait des progrès immenses. La France était aux pieds du veau d'or ; il était trop tard.

La contagion se répandit dans les campagnes, et l'on vit le paysan-laboureur mettre son vote aux enchères sur la place publique, et l'adjuger au plus offrant. On vit encore corrupteurs et corrompus aborder ensemble l'urne électorale et déposer un vote imposé, après avoir noyé leur raison dans un verre de champagne. C'était indécent !

Pour les gens sensés et clairvoyants, il devenait de plus en plus évident que l'on marchait à une catastrophe, et la révolution de Février ne fut que la conséquence logique d'un état de choses qui devait aboutir tôt ou tard à un dénouement sanglant.

C'est ce qui arriva : la société, attaquée par l'émeute, fut à un moment donné près de périr, et la journée du drapeau rouge la mit à deux doigts de sa perte.

M. de Lamartine fut la providence que Dieu envoya à son secours, et qui sauva la France, et peut-être l'Europe, de l'anarchie qui débordait de toutes parts.

L'histoire dira comment il en fut récompensé.

10.

STROPHES

A M. DE LAMARTINE

NEUVIÈME RÉCRÉATION

—

STROPHES

A M. DE LAMARTINE, A PROPOS DE SON ÉPITRE
A M. LE COMTE D'ORSAY

———

Quand la postérité contemplera l'image
Que te légua d'Orsay par un pieux hommage ;
Quand des hommes nouveaux regarderont ton front,
Ils diront , en passant sous ta tête glacée :
— Seul ! celui-là fut grand dans la lutte passée !
Et devant ton idole ils se prosterneront.

Tel te retrouvera sauveur de la patrie ,
Ou pèlerin pieux aux villes de Syrie ;
Le prêtre exaltera l'auteur de Jocelyn ;
D'autres croiront entendre encore, dans Athènes ,
Le courageux tribun , l'éloquent Démosthènes .
Ou le barde sacré sous sa robe de lin.

Tous te reconnaîtront à ce front qui s'éclaire,
A ce regard de feu qui lance la lumière ,
A ce cœur qui bondit d'amour, de liberté ,
A ce geste serein , à l'éternelle flamme
Qui sort en chants divins du fond de ta grande âme,
Et qui donne à ce marbre un peu de ta fierté.

Sept âmes, Phidias ! tu savais bien le compte ,
En artiste inspiré ton esquisse fut prompte ;
Ton œuvre doit survivre au dernier des autans.
La génération et le siècle qui passe
Légueront aux futurs possesseurs de l'espace
Ton modèle aux regards des jeunes combattants.

Car alors le lion , debout et sans colère ,
Retrempé , rajeuni dans le flot populaire ,
Et le fort et le faible ensemble confondus ,
Tous les peuples , enfin , ne formant qu'une France ,
Sur tes mânes sacrés viendront faire alliance ,
Et te montrer l'esprit des siècles refondus.

Garde-toi , Phidias ! de briser ton épreuve ,
Garde-toi d'en jeter les débris dans le fleuve ;
Car, lorsque sur la terre il n'habitera plus ,
Ton marbre restera pour dire avec l'Histoire ,
Son courage civil, sa magnifique gloire ,
Sa grandeur, son génie et ses mâles vertus.

Et pourquoi , Phidias ! dérober cette image
A la postérité qui doit lui rendre hommage ?
Celui qui chanta Dieu de son souffle animé ,
Doit-il s'appartenir, alors que, sur la terre,
Il existe un danger ou quelque bien à faire ?
Le bonheur de l'amour n'est-ce pas d'être aimé ?

Non, la feuille d'hiver n'est pas encore prête,
Bien des jours passeront avant que sur ta tête
La Mort vienne attacher son long crêpe de deuil ;
Éclaire l'avenir, âme prédestinée !
Telle reste ici-bas ta noble destinée,
Avant de te coucher dans l'ombre du cercueil !

Vers le suprême but, ton étoile qui brille
Doit conduire le char de la grande famille;
Ton bras dans Chanaan doit planter son drapeau ;
Il faut que par tes soins la liberté conquise
Régénère le sol de la Terre promise,
Et que ses verts rameaux ombragent ton tombeau !

A ces vers mal cousus, pardonne, Lamartine !
Je ne suis point Hugo, je ne suis point Racine ;
Indulgence et merci pour un fatras pareil ;
Car si, pour cette fois, je m'égare au Parnasse,
Ce n'est pas que je veuille y glaner une place :
Je cherchais à te voir, j'aime tant ton soleil !

COMMENTAIRE

DE LA NEUVIÈME RÉCRÉATION

———

A ces faibles vers, M. de Lamartine voulut bien répondre par la lettre suivante :

« *A Monsieur* PEYRE, *à Bédarieux.*

» Monsieur,

» Je regrette que mes travaux ne me laissent qu'un instant » pour vous dire : J'ai lu votre lettre et vos vers, et je garde » dans mon souvenir cette voix de sympathie et de jeune » espérance. Votre cœur et votre poésie me renvoient mes » vers comme un écho d'amitié, mais avec un accent de » plus. Votre hymne de jeunesse et de joie m'a fait oublier » mon chant de tristesse. Mille remercîments. Laissez-» moi vous renvoyer en vive et sincère reconnaissance et » en vœux pour votre talent, les sentiments de bien-» veillance que vous m'exprimez.

» LAMARTINE.

» Paris, ce 13 mars 1851. »

11

Cette lettre, à laquelle je ne m'attendais pas, aurait achevé de me convertir au culte de M. de Lamartine, si je ne lui avais déjà été attaché ; c'est un souvenir que je garde religieusement et dont j'ai lieu d'être fier, non pas à cause de mon talent, mais pour l'honneur qui me revient d'avoir été applaudi par le plus grand génie des temps modernes.

Il a compris, en lisant mes vers, tout ce que je ressentais d'indignation contre l'ingratitude des hommes de ce siècle, qui oublient si vite les services qu'avait rendus à sa patrie l'Aristide français.

LA SOUFFRANCE DU POÈTE

DIXIÈME RÉCRÉATION

—

LA SOUFFRANCE DU POÈTE

—

Charmant petit ruisseau, toi dont le doux murmure
Réjouissait mon âme et transportait mon cœur ;
Rivages bien-aimés, poétique nature,
Où je vins tant de fois endormir ma douleur ;

11.

Laisse, ruisseau chéri, couler tes eaux paisibles,
Laisse-les dans ton lit rouler leurs sables d'or,
Laisse tes flots d'azur s'éloigner insensibles ;
Mais dis leur qu'en mourant je les aimais encor.

Et vous, riants coteaux, verdoyantes collines,
Consolateurs discrets des malheureux amants,
Montagnes de granit aux profondes ravines,   •
Qui gardez le secret de leurs épanchements ;

Vous, candides enfants de la riche vallée
Où j'ai mangé le pain de l'hospitalité ;
Vierges que je suivais au fond de chaque allée,
Quand je fuyais les coups de la fatalité ;

Rivages fortunés où l'ombre de ma mère,
Attentive à mon sort, m'apparaissait le soir,
Où j'oubliais les maux d'une existence amère,
D'où je revins souvent le cœur rempli d'espoir ;

Amis que j'ai connus en passant sur la terre,
Vous qui dans le malheur m'avez donné la main ;
Cieux, dont l'immensité pour tous est un mystère,
Lyre qu'un sort fatal doit détendre demain ;

Adieu ! mon frêle char s'est brisé sur ma route,
Et j'ai senti le sol s'abîmer sous mes pieds ;
Adieu ! je vais enfin éclaircir le grand doute,
Car de mes tristes jours les maux sont expiés.

Quand vous reverdirez, chênes de la montagne,
J'aurai dit à ce monde un désolant adieu !
Vous ne me verrez plus errer dans la campagne
Et venir à vos pieds converser avec Dieu.

Vous ne me verrez plus dans les lieux solitaires
Où je venais le jour, dans le recueillement,
Graver des noms chéris sur vos troncs séculaires,
Écouter des oiseaux le doux gazouillement.

Oh ! pourquoi, beau soleil, et toi, brillante aurore,
Étalez-vous ainsi votre riche couleur ?
Et vous, enfants joyeux, vous folâtrez encore,
Quand je suis étendu sur un lit de douleur !

Vous tous qui jouissez d'une vie enchantée,
Vous êtes donc heureux quand je n'ai plus d'espoir !
Astre du firmament, et toi, lune argentée,
Quoi ! vous brillez toujours et je ne puis vous voir !

Égoïstes amis qui fuyez ma demeure,
N'aurez-vous pas aussi votre funeste jour ?
Et vous, petits oiseaux, vous chantez quand je pleure ;
Je souffre et près de moi vous babillez amour.

Ah ! comme Dieu le Fils sur les saintes collines,
En vain j'appellerai mon Père par trois fois ;
Je dois avoir aussi ma couronne d'épines,
Je suis né, comme lui, pour mourir sur la croix !

O monde où pour souffrir je n'ai fait que paraître ,
Ah ! tu sais quelle fut la rigueur de mon sort !
J'ai vécu pour te voir, je meurs sans te connaître :
Adieu ! je fais naufrage en arrivant au port.

———

COMMENTAIRE

La douleur, c'est la douleur ; elle ne se commente pas. Tous ceux qui ont souffert de grandes infortunes, les âmes sensibles, les cœurs impressionnables, sentiront tout ce qu'il y a de désespoir dans la pièce qui précède. C'est le gémissement plaintif que la souffrance vous arrache après le coup de poignard qui vient de vous percer le cœur.

DIEU

ONZIÈME RÉCRÉATION

DIEU

I

Tout à coup du soleil l'éclatant météore
Sortit éblouissant des langes de l'aurore,
Et son disque embrasé resplendissant de feux,
Inonda l'Océan de rayons lumineux.
L'hirondelle aussitôt voltigea sous la brise,
Et des petits oiseaux la phalange surprise,

12

Ivre de volupté, de bonheur et d'amour,
Salua par ses cris la naissance du jour.
Quand la douce chaleur pénétra l'atmosphère,
La lune lentement se cacha dans sa sphère,
Les étoiles au ciel cessèrent de briller,
Et la nature, ouvrant son immense atelier,
Dans l'horizon sans fin, tapissé de verdure,
Déploya le manteau de sa riche parure.
De ses plis embaumés les suaves odeurs
Montèrent vers le ciel en célestes vapeurs ;
Des arbres et des fleurs chaque feuille arrosée
Balança sous le vent sa goutte de rosée,
Tout sembla respirer dans la création !
Et, saisi de respect et d'admiration,
Imperceptible rien, impalpable parcelle,
L'Homme, que fait mouvoir une seule étincelle,
Faible atome perdu dans cette immensité,
Mais émanation de la Divinité ;
Rien qui résume tout, sagesse, intelligence,
Être supérieur qui raisonne et qui pense,
L'Homme a voulu sonder dans toute leur grandeur,
Des suprêmes secrets toute la profondeur !

Devant l'Être infini qu'il cherche et qu'il implore,
Qu'il rencontre partout quand il le cherche encore,
De son génie enfant, l'œil interrogateur
Disait en s'adressant au puissant Créateur :

II

— Quoi ! depuis six mille ans je roule dans l'espace,
Sans jamais avec toi me trouver face à face !
Et je sens ta chaleur, tu me parles parfois,
Es-tu génie ou Dieu ? réponds, qui que tu sois ;
Éclaire mon esprit de ta grande lumière,
Dis-moi quel fut ton nom et ta forme première,
Ce qui cause le jour, comment se fait la nuit,
Qui créa cette mer et le soleil qui luit ;
Et si tu règles tout, ô Sagesse infinie,
Pourquoi le bien, le mal et la Mort et la Vie ?
Et pourquoi le matin des rêves de bonheur,
Si je tombe le soir brisé par la douleur ?

Qui verse dans nos cœurs la joie et la tristesse?
Pourquoi l'homme meurt-il et renaît-il sans cesse?
Qui fait briller au ciel tant d'astres suspendus,
Ces millions de soleils ensemble confondus?
Quel est le bras puissant qui fait mouvoir la terre?

III

Mais, qui saura jamais le sublime mystère !....
Plus l'homme est attentif, plus est grand son désir,
Plus le fantôme est loin quand il veut le saisir.
Pour le rejoindre, en vain il médite, il compare,
Dans un vaste inconnu tout son être s'égare ;
Il marche sans jamais découvrir l'horizon,
Et plus d'un érudit y laisse la raison !
Oui ! l'humanité pense ; elle a ses lois écrites,
Mais dans un cercle étroit Dieu les a circonscrites,
Et quand l'homme du voile a soulevé le coin,
Il l'arrête et lui dit : Tu n'iras pas plus loin !
Tes veilles, insensé, sont des veilles perdues,
Que le souffle du vent emporte dans les nues,

D'inutiles efforts et d'impuissants défis
Qui joindront au néant les rêves que tu fis.
Cherche donc, ô savant, matière périssable,
Le chemin de ta vie est frayé dans le sable,
Et le jour qui suivra celui de ton trépas,
N'y retrouvera plus l'empreinte de tes pas!

IV

O Créateur puissant! sublime Providence!
L'homme aura-t-il un jour ta sainte confidence?
Quitteras-tu l'asile où plane ta grandeur
Pour te montrer à lui dans toute ta splendeur?

V

De tes divins secrets qui peut saisir la trame?
Est-ce ton feu sacré qui brûle dans mon âme,

12.

Qui me fait aspirer vers l'immortalité ?
T'appelles-tu destin ? Es-tu fatalité ?
Qu'on te dise génie, ou sagesse, ou puissance,
Qu'importe ? si je suis formé de ton essence,
Si ta douce chaleur arrive jusqu'à moi,
Si ton attraction m'élève jusqu'à toi ;
Et si mes actions, mes désirs, mes pensées
M'arrivent par tes soins à ta source puisées ;
Si tout me vient de toi, si ton doux souvenir
Fait briller à mes yeux un plus bel avenir ;
Si chaque être animé demande à te connaître,
Si tout salue en toi son Seigneur et son Maître,
Et si, par les bienfaits de ton puissant amour,
Tu me donnes ici le pain de chaque jour !

VI

Oui ! sur la terre, au ciel, dans l'homme, dans l'insecte,
On te trouve partout, ô divin Architecte !

Ton nom a traversé toutes les régions ;
Les peuples l'ont écrit dans leurs religions ;
Et , dans la nuit des temps , à travers tous les âges,
Dans la confusion des mœurs et des langages ,
Au milieu du chaos, ton culte respecté
Voyagea sous la tente avec l'humanité.
Le monde t'invoqua dans les siècles barbares,
En te donnant des noms et des formes bizarres ;
Et l'Égypte , et la Grèce , et le peuple Troyen ,
Rome , Athènes , Carthage et le monde payen ,
Avec leurs dieux divers, leurs temples , leurs idoles ,
Leurs prêtres divisés sur la foi des symboles,
Tous les peuples , enfin, en tous temps, en tout lieu ,
Ont toujours confessé ton existence , ô Dieu !

COMMENTAIRE

—

J'écrivis ces vers au mois de juillet 1853, le soir d'un jour brûlant. Le soleil, au terme de sa course, allait disparaître derrière la chaîne des Pyrénées ; ses derniers rayons se reflétaient sur la masse des nuages amoncelés au couchant, qui étalaient au loin leurs couleurs brillantes de pourpre et d'or. Le vent doux et frais, en les chassant vers le midi, leur faisait revêtir des formes bizarres et fantastiques. Mes yeux ne pouvaient se lasser d'admirer ce spectacle grandiose ; j'étais ébloui par tant de richesse, et cela me porta à rêver sur la vanité des choses de ce monde.

Je tombai à genoux devant tant de grandeur, je méditai longuement, je m'oubliai même à disserter sur l'existence de Dieu, et ce fut après cette longue conférence avec moi-même, que j'écrivis la pièce qu'on vient de lire.

———

NIMES

DOUZIÈME RÉCRÉATION

—

NIMES

—

A M. JEAN REBOUL

———

Salut ! restes sacrés de vingt siècles de gloire,
Monuments éternels fondés par la victoire
Sur cette antique terre , où, depuis deux mille ans,
Vous laissez admirer vos formes colossales,
Comme pour attester les courses triomphales
    De tout un peuple de géants.

Cent générations, de vos larges portiques
Ont sculpté tour à tour les piliers granitiques,
Et plus d'un nom obscur se rendit immortel,
En s'incrustant un jour sur le vieil édifice,
Où la flamme a marqué jusques au frontispice
   Le règne de Charles-Martel.

Fille des Empereurs, de chefs-d'œuvre parée,
J'ai visité ton Cirque et ta Maison-Carrée,
Les Thermes de César, le Temple de tes dieux,
Et l'on m'a vu rêveur sur tes hautes collines,
Évoquant, au milieu de tes belles ruines,
   L'ombre d'Antonin-le-Pieux!

Tu fus de l'Occident la Thèbes aux cent portes;
L'éclat de ta naissance et le nom que tu portes
Ont ennobli les lieux où tu règnes encor;
Et tes restes un jour, reliques précieuses,
Seront avec respect et par des mains pieuses
   Enfermés dans un étui d'or!

J'ai gravi les sentiers de l'agreste montagne,
Que domine au sommet l'orgueilleuse Tour-Magne.
Et du haut de ces murs, de haute antiquité,
Mon regard a plongé dans l'horizon immense
Qui se perd sous le ciel de la riche Provence,
     Pays par les dieux habité !

Et, de ce piédestal qui domine la plaine,
J'ai vu se dessiner de la ville romaine
Le vaste Amphithéâtre aux contours fastueux ;
Et tout près, à mes pieds, privé de péristyle,
Un temple ruiné, mais riche d'un beau style,
     Se dresser tout majestueux !

Et devant ces témoins d'une grandeur déchue,
La raison en suspens et l'âme tout émue,
Je restai longuement en contemplation.
J'accompagnai César du Tibre jusqu'au Tage,
Et je vis, sur les pas du héros de Carthage,
     Marcher la dévastation !

13

La nuit vint m'arracher à cette rêverie,
Qui me fit vivre aux jours où la grande patrie
Luttait contre les dieux, contre les éléments;
Où, le monde soumis, les soldats de Pompée,
D'une main le compas et de l'autre l'épée,
    Le peuplèrent de monuments!

Nimes a conservé, comme un parfum antique,
L'amour sacré du beau, le feu patriotique;
Ses fils, depuis César, n'ont pas dégénéré.
A la chaire, au barreau, dans les arts, à l'armée,
Tous ont justifié sa haute renommée,
    Et rendu son nom vénéré!

Encore de nos jours, sa gloire se reflète
Sur le front couronné de l'illustre poète,
Dont le nom retentit de Lutèce à Stamboul;
Dont les accents divins et la corde profonde
Réveillent les échos qui répètent au monde
    Les vers magiques de Reboul!

Indulgence et pardon, ô favori des Muses !
Pour les vers mal tournés de ces strophes confuses
Qui viendront te surprendre à ton prochain réveil.
Mais j'aime ton pays et le Dieu qui t'inspire :
Laisse donc , ô Reboul ! l'inconnu qui t'admire
     Se réchauffer à ton soleil !

COMMENTAIRE

DE LA DOUZIÈME RÉCRÉATION

La ville de Nîmes est connue dans le monde artistique, à cause de sa grande antiquité et de la parfaite conservation de ses monuments. Là, en effet, se trouvent répétés sur une petite mais délicate échelle, les chefs-d'œuvre de la métropole romaine. Les habitants ont conservé l'amour du beau et de l'antique, et les arts y sont aussi florissants qu'aux temps d'Auguste et d'Antonin Pie. Nîmes est la ville des artistes, des archéologues et des poètes.

J'ai visité cette ville plusieurs fois, je l'ai même habitée, et, à chaque visite, je n'ai jamais pu me lasser d'admirer ses monuments, d'une grandeur et d'une majesté imposantes. Je composai cette ode sur les lieux mêmes, et je l'envoyai à M. Reboul, qui m'écrivit la lettre suivante :

» Monsieur,

» Mille fois merci des beaux vers que vous adressez à la
» ville de Nîmes et à son humble poète. Le poète vous re-
» mercie des éloges qu'il voudrait mériter, mais la recon-
» naissance du Nîmois est encore plus vive. La statistique
» passionnée avait, en des temps heureusement bien loin
» de nous, versé toute l'encre de son écritoire sur notre
» pays; la poésie l'a vengé et je lui en rends grâce, car
» il compte de nobles cœurs et de nobles intelligences.

  » Daignez, etc.

         » REBOUL.

 » Nîmes, ce 30 mars 1853 »

———

13.

FRANCE ET ORIENT

TREIZIÈME RÉCRÉATION

—

FRANCE ET ORIENT

————

Alerte! nobles preux d'une épopée immense,
Valeureux chevaliers, hommes bardés de fer,
Alerte! reprenez le chemin de la mer,
Où vous appelle encor l'oriflamme de France!

Oui ! reformez vos rangs, guerriers du moyén-âge,
Ce sont les ennemis ! qu'ils vous trouvent demain,
La croix sur la poitrine et la dague à la main,
Prêts à leur rappeler votre mâle courage.

O siècles de grandeur et de chevalerie !
Notre âme se reporte à votre souvenir ;
Temps des rudes combats, allez-vous revenir ?
O race de géants ! n'étiez-vous qu'endormie ?

Ombres de saint Louis et de Pierre l'Ermite,
Au fond de vos tombeaux vous avez tressailli,
Sur vous le souffle saint a de nouveau jailli.
Levez-vous ! paraissez, car l'Orient s'agite !

Levez-vous ! car là-bas, barbares, infidèles,
Sur Byzance, à grands pas, dirigent leurs soldats ;
Levez-vous ! au milieu de nos prochains combats,
De nos jeunes guerriers vous serez les modèles !

Levez-vous ! car le flot que soulève la houle
Monte, monte sans cesse, il va tout engloutir ;
Car le canon d'alarme est prêt à retentir,
Pour annoncer-qu'au loin un empire s'écroule !

Le colosse du Nord jette sur le Bosphore,
En le couvant de l'œil, un défi menaçant ;
Et les fils du Prophète, entourant le Croissant,
Assistent au lever de leur dernière aurore.

Pour répondre au défi de l'autocrate russe,
Vos fils se lèveront, tous jeunes et vaillants,
Prêts à recommencer vos luttes de géants,
Dès que résonnera le canon de La Susse *.

Plus de trêve, en avant ! la honte et le servage
Menacent l'Occident de leur joug odieux ;

* La Susse (l'amiral) commandait alors la flotte française
d'Orient.

Les barbares du Nord pourraient-ils, sous nos yeux,
Préparer pour nos fils les fers et l'esclavage?

Que dans tous les hameaux se forment des brigades,
Que du fond des sillons sortent les combattants,
Que les mères au feu conduisent leurs enfants,
Que partout le tocsin soulève les bourgades!

En masse levons-nous! peuples, courez aux armes!
Vieillards, femmes, enfants, prenez tous le fusil!
Car les Russes vainqueurs, c'est la mort ou l'exil,
En masse levons-nous! aux armes! vite aux armes!

Soldats de l'Empereur, vieux braves qu'on défie,
Puisqu'ils ont oublié votre mâle fierté,
Ralliez-vous encore au cri de : Liberté!
Sous les murs du Kremlin et de Sainte-Sophie.

COMMENTAIRE

J'écrivis ces strophes au moment où la flotte française, commandée par l'amiral de La Susse, appareillait pour les Dardanelles. A cette époque, la question d'Orient était grosse de difficultés, et cependant la majorité du pays ne croyait pas à la guerre, tant était grand le besoin de la paix.

A l'heure où j'écris ces lignes, une armée nombreuse assiège la place forte de Sébastopol *, ce boulevard de la puissance russe dans la mer Noire. De sanglantes batailles ont été livrées, et, depuis le jour où je composai la pièce qui précède, nous avons ajouté de belles pages à notre histoire, et une gloire immense pour notre brave armée s'en est suivie.

* Sébastopol est depuis tombé au pouvoir des armées alliées.

14

LE CRI DE L'AME

QUATORZIÈME RÉCRÉATION

—

LE CRI DE L'AME

—

A MON TRÈS-VÉNÉRABLE AMI L'ABBÉ VIDAL
Curé-Doyen de Saint-Gervais

———

Une voix m'a nommé, lorsque dans le silence,
Pour rêver et prier, je m'étais recueilli;
Les méchants ont faussé les poids et la balance,
Et le monde en son sein ne m'a point accueilli.

Ils ont traîné mon nom dans les mares de boue,
Ils ont fait à mon cœur le plus sanglant affront;
Je porte de leurs coups l'empreinte sur ma joue,
La douleur a creusé des rides à mon front.

Ils sont venus s'asseoir au foyer domestique,
Exhalant sur les miens leur souffle empoisonné,
Et de mes ennemis l'esprit diabolique
A troublé le bonheur que Dieu m'avait donné.

J'ai dévoré mes pleurs, j'ai souffert leurs'injures,
J'ai connu le malheur à tout âge, en tout lieu;
Le temps n'a point fermé mes nombreuses blessures,
Et pour me consoler je n'ai que vous et Dieu!

Le souvenir béni de ma pieuse mère
Dans un cœur froid et dur ne s'est pas endormi;
Il est toujours présent à ma longue prière,
Et c'est lui qui m'a fait rencontrer un ami.

C'est vous que j'ai trouvé sur le bord de ma route,
Au moment où j'errais triste et découragé ;
C'est vous qui de mon cœur avez chassé le doute,
Et qui, dans le malheur, m'avez encouragé.

J'ai gardé souvenir de ces douces soirées
Où je venais goûter votre hospitalité ;
Je me rappelle encor vos paroles sacrées
Et vos sages conseils et votre charité.

Triste jusqu'à la mort, mon âme à son refuge
Accourt se confier et vous nomme son juge.
A vous de prononcer sur le bien et le mal,
A vous de dire enfin si l'âme courageuse
Qui tend au vice même une main généreuse,
Se trompe et donne au monde un exemple fatal !

Hélas ! peut-être aussi l'erreur et la critique
Affligent quelquefois votre âme évangélique.

Pour vous venger alors du mal que l'on vous fait ,
Vous allez , exerçant votre saint ministère,
Consoler le malheur , soulager la misère ,
Et répandant toujours quelque nouveau bienfait.

Oüi , vénérable ami , votre calme visage,
Où l'on voit rayonner l'auréole du sage ,
Semble me dire : « Enfant, sois constant à ta foi.
» Celui que l'homme en vain chercherait à surprendre,
» Contre tes ennemis saura bien te défendre;
» Si c'est lui qui t'inspire , il veillera sur toi ! »

Vous entendrez ce cri de mon âme blessée,
Et votre noble cœur, qui connaît ma pensée ,
Versera dans le mien ses trésors les plus chers;
Ma voix s'élèvera plus forte, plus profonde,
Puisqu'il me reste en vous un ami dans ce monde
A qui je peux tout dire et dédier mes vers.

COMMENTAIRE

DE LA QUATORZIÈME RÉCRÉATION

Il existe des gens toujours prêts à blâmer les intentions les plus généreuses, les actes de dévouement les plus sublimes ; aussi, d'après leur système égoïste, pas un n'accomplit une bonne action sans que ce soit calcul, et sans que, par suite, elle ne doive tourner au profit de celui qui l'a faite. Ces excellents cœurs, dépourvus de tout sentiment généreux, n'admettent pas qu'il y en ait qui ne battent pas de la même manière ; ils ne tolèrent pas que d'autres fassent le bien, qu'ils sont incapables de faire ; ils ne comprennent pas, enfin, que l'on puisse avoir une âme quand ils n'en ont pas.

Un jour que j'avais eu à souffrir des calomnies odieuses de la part de ces insulteurs anonymes, je pris la plume, j'écrivis les strophes que l'on vient de lire, et je les adressai à mon ami, M. Vidal. Sa réponse me vengea de leurs injures ; je fus satisfait de les avoir provoquées.

Plus calme aujourd'hui, je ne me laisserai pas aussi facilement émouvoir ; car la fange de leurs éclaboussures n'atteindra jamais au sommet des colonnes d'Hercule.

MAGUELONE

QUINZIÈME RÉCRÉATION

—

MAGUELONE

—

A M. JULES PAGÉZY

———

Hic intrans, ora, tua semper crimina plora,
Quidquid peccatur, lacrymarum fonte lavatur *.*

Sur un sol désolé battu par la tempête,
Où vient mourir le flot que la rive rejette,

---

* *En entrant ici, prie et pleure tes iniquités, car tout pé-*
ché est racheté par les larmes. Cette inscription est gravée sur
le marbre au-dessus de la porte de l'église de Maguelone.

15

Où l'ange de malheur promena son flambeau,
Un temple existe encore ; et, parmi les ruines,
Sous les débris épars où poussent les racines,
    Un peuple dort dans son tombeau !

Là, d'un guerrier fameux le bras inexorable
S'appesantit, ô jour à jamais mémorable !
Lorsque, d'Abd-er-Rahman relevant le cartel,
De la carte il raya le nom de Maguelone ;
Et du vieux temple encor chaque pierre frissonne
    Au seul nom de Charles-Martel !

Un silence profond règne autour de l'enceinte ;
Le grave laboureur, jusqu'à la maison sainte,
Vient promener le soc, sans s'arrêter surpris,
Lorsqu'en creusant le sol, le fer de sa charrue
Passe sur un tombeau, soulève une statue,
    Ou quelque autre antique débris.

Sous le toit ruiné de l' ;que édifice,
Où fut offert jadis le divin sacrifice,
Une invisible main protége le saint lieu ;
Car tout est nivelé dans l'île nébuleuse
Et rien n'a survécu de la ville fameuse
  Que la seule maison de Dieu !

Le prêtre a déserté la vieille basilique,
Où dorment ces prélats dont l'âme prophétique
Éloigna de ces murs la dévastation ;
Et les marbres sacrés qui recouvraient leurs tombes
Ont été dispersés au fond des catacombes
  Souillés de profanation !

Auprès d'un mur noirci que tapisse un vieux lierre,
En face du portail, sur un socle de pierre,
J'étais allé m'asseoir à l'abri du soleil ;
Là, je devins rêveur, mes yeux s'appesantirent ;
Je luttai, mais bientôt mes forces me trahirent
  Et je tombai dans le sommeil.

Un rêve me berça.... Dans sa gloire passée,
Maguelone un moment vécut dans ma pensée,
Avec ses légions de matelots à bord,
Ses pêcheurs catalans étendus sur leurs toiles,
Ses bricks majestueux venant à pleines voiles
          Encombrer son immense port.

Et je voyais passer la foule satisfaite ;
Les femmes, les enfants dans leurs habits de fête
Remplissaient la cité d'un tumulte joyeux ;
Et j'entendais les sons belliqueux des fanfares,
Et devant moi brillaient les étoiles des phares,
          Et je voyais un peuple heureux.

Et j'admirais du port la rade pavoisée,
D'une forêt de mâts sa surface boisée
Étalant à mes yeux ses brillantes couleurs ;
Ses marchands étrangers accourus avec l'onde,
De toute nation, de tous les points du monde,
          Mêlés aux nombreux visiteurs.

Un cortége infini de vierges et de prêtres,
Les nobles Chevaliers, les Ordres, les Grands-Maîtres,
Consuls et Capitouls marchaient silencieux ;
La troupe lentement s'écoula dans l'église,
Et l'orgue fit entendre à mon âme surprise
    Ses longs accords mélodieux. .

Tout à coup du tocsin la voix mâle et plaintive
Vint frapper de terreur mon oreille attentive :
C'était le dernier cri d'un peuple quand il meurt !
La flamme consumait de nombreuses victimes :
Maguelone, Béziers, les arènes de Nimes,
    Tombaient sous le fer du vainqueur.

Des villes, des cités, une province entière,
Tombèrent sous les coups du grand incendiaire ;
Son nom fut la terreur des peuples d'Occident ;
Rien ne put émouvoir ce visage impassible :
Qui sait si le lion, dans sa rage terrible,
    De Dieu ne fut pas l'instrument !

15.

Et lorsque je sortis de cette rêverie,
Mon cœur était brisé, mon âme était meurtrie ;
La sueur ruisselait de mon front soucieux ;
Ma douleur s'échappait en d'abondantes larmes,
Et j'entendais toujours le cliquetis des armes,
      Quand tout était silencieux.

Et je me trouvai seul à cette même place,
Qui gardera toujours l'ineffaçable trace
Qu'imprima sur son sol le grand dévastateur ;
Et j'étais là depuis le lever de l'aurore,
Quand la nuit me surprit, triste et tremblant encore
      Devant l'ange exterminateur !

COMMENTAIRE

———

La fondation de la ville de Maguelone remonte aux temps les plus reculés. La date en est restée inconnue, même aux savants Bénédictins qui ont écrit l'Histoire générale du Languedoc. Maguelone existait depuis longues années, en 732, lorsque le sarrasin Jusif-Ibin-Abdérame ou Abd-er-Rahman était gouverneur de la Septimanie. Elle était désignée alors sous le nom de Port-Sarrasin ; ce ne fut que plus tard qu'elle échangea ce nom pour celui de Maguelone, qu'elle emprunta à la belle Maguelone, fille du roi de Naples, qui s'était réfugiée dans ses murs avec son amant Pierre de Provence, dont la légende fut écrite en 1178 par le chanoine Bernard de Tréviez. On sait néanmoins qu'elle est de naissance phocéenne.

Charles-Martel, qui venait de battre les Sarrasins dans les plaines de La Nouvelle, désespérant de réduire Narbonne, reprit la route du Rhône et se rendit maître de Béziers, dont il fit raser les murs et brûler les faubourgs. La ville d'Agde subit le même sort. Mais c'est surtout sur Maguelone que le grand dévastateur assouvit sa vengeance. Cette ville, par sa position sur la Méditerranée, offrait un asile assuré aux Sarrasins et leur servait de place d'armes ; ils pouvaient, de là, se livrer impunément aux actes de brigandage dont ils étaient capables. Charles-Martel, profitant de son passage dans la Septimanie, se détourna de sa route, s'empara de Maguelone, fit raser complètement cette place et combler le port. Ce fut à cette époque que le Chapitre cathédral fut transféré à Substantion, où il résida jusqu'au rétablissement de la ville de Maguelone, qui eut lieu trois cents ans plus tard. L'ancienne cathédrale, qui existe encore, est le seul monument qui ait survécu à tant de ruines.

De là, Charles se dirigea vers Nimes, dont il fit brûler les portes et incendier les Arènes. Ce monument porte encore les traces ineffaçables des flammes, qui ne firent que dégrader une partie du couronnement.

J'ai raconté, dans le mot *A mes lecteurs*, comment j'avais été amené, tout jeune encore, à visiter l'antique basilique de Maguelone; je ne m'étendrai donc pas davantage dans ce commentaire. La description que j'en ai déjà faite, suffira, j'espère, pour faire connaître au lecteur l'antique cité que j'ai voulu chanter. Ceux qui ne seraient pas suffisamment satisfaits par les explications, d'ailleurs fort succinctes que je donne, ou qui voudraient faire connaissance avec

le Port-Sarrasin, qui n'est autre que la ville de Maguelone;
ceux-là n'ont qu'à consulter l'ouvrage des religieux Bénédictins, dom Vaissette et dom Claude de Vic. (*Histoire générale du Languedoc*, tome second, livre huitième.) Ils
trouveront dans cet ouvrage, qui est du reste un véritable
monument historique, de quoi satisfaire leur curiosité.

A MA FILLE MARIE

SEIZIÈME RÉCRÉATION

A MA FILLE MARIE

La main qui te balance ,
Enfant , faible roseau ,
Veille avec complaisance ,
Comme ta providence ,
Auprès de ton berceau.

16

Au ciel ton pauvre père,
Pendant le doux sommeil,
Pour ton bonheur prospère,
Dira cette prière,
Attendant ton réveil :

— Oh ! veille sur cet ange,
Marie, exauce-moi !
Sous tes lois sans mélange,
Que ta bonté la range
Et grandisse sa foi !

Oh ! je te la confie,
Fais que son jeune cœur,
A mon âme attendrie
Rende douce la vie,
Comme sa pauvre sœur !

D'amour mon cœur s'embrase !
Enfant, que j'aime à voir,

Dans une douce extase,
Sous ton voile de gaze,
Briller ton bel œil noir !

En signe de tendresse,
Quand tes petites mains
Me renvoyaient sans cesse,
Car sse pour caresse,
S   able aux Séraphins.

Ta voix mélodieuse,
Comme un parfum d'encens,
S'élève radieuse
Vers la Sion joyeuse
Des divins innocents.

Si parfois je soupire,
Brisé par la douleur,

Ton regard qui m'inspire,
Ton souffle que j'aspire,
Me rendent le bonheur.

Tu seras de mon âme
L'ange consolateur ;
Tes tendres soins de femme,
Comme une douce flamme,
Réchaufferont mon cœur.

Au terme de ma course,
Lorsque j'arriverai,
Quand la mort, sans ressource,
Aura tari ma source
Et que je m'éteindrai;

Sur ma tempe glacée
Laisse couler tes pleurs;

Que ma vie effacée
Vive dans ta pensée
Comme les belles fleurs !

Étendu sur ma couche,
Plié dans mon linceul,
En me fermant la bouche,
Que ta lèvre me touche
Avant de rester seul !

Si tu viens sur ma tombe
Prier, te recueillir,
De tes yeux, ma colombe,
Une larme qui tombe
Me fera tressaillir !

———

10.

COMMENTAIRE

Je m'étais assis auprès du berceau de ma fille; je la regardais dormir du sommeil dont les anges dorment. En voyant cette belle enfant, au visage calme et souriant, je composai les strophes qui précèdent. Je ne sais pas si c'est de la bonne poésie, mais c'est du moins de la sincérité.

A MES AMIS D'ENFANCE

DIX-SEPTIÈME RÉCRÉATION

—

A MES AMIS D'ENFANCE

—

I

Écoutez, mes amis, car il est impossible
Qu'à votre souvenir je demeure impassible ;
Vous que j'aime surtout, enfants de Montpellier !
Modestes travailleurs, frères de l'atelier,

Cœurs nobles, incompris, âmes si généreuses,
Laissez-moi dans mes mains serrer vos mains calleuses,
Et, dans ces faibles vers qui vous sont dédiés,
Vous dire si par moi vous fûtes oubliés.

II

Racontons-nous d'abord nos petites misères :
Vous souvient-il, amis, de l'école des Frères,
Où nous nous rendions tous lentement le matin,
Un morceau de fromage ou d'ognon à la main?
En nous voyant passer, plus d'une fois peut-être,
On nous prit pour des saints. La férule du maître,
Ce terrible argument de chacun redouté,
Était tout le secret de notre sainteté;
Et de nous le plus sage et le plus raisonnable,
Sans elle n'eût jamais été qu'un petit diable.

III

Nous grandîmes enfin, et quelques ans plus tard,
Dans le monde aussitôt se lançant au hasard,
Chacun de nous marcha conduit par son étoile :
L'un se fit épicier, l'autre marchand de toile ;
Un autre, celui-là n'était pas le plus sot,
Ne jeta pas son livre en prenant le rabot.

IV

Nous touchions à la fin de notre adolescence,
Et bientôt de l'amour la perfide science
Se glissant dans nos cœurs les brûla de ses feux ;
Vénus nous séduisit et nous banda les yeux.
Amours de ces temps-là ! jusqu'à ce que je meure,
Il faut que je vous aime, il faut que je vous pleure ;

En ce moment encor laissez-moi vous bénir,
Et donner une larme à votre souvenir !

V

Un jour, je vous quittai, le cœur plein d'espérance,
Et j'allai, chers amis, faire mon tour de France,
Emportant vos regrets et vos vœux à la fois,
Et je vous dis adieu du geste et de la voix.
A Nime où j'arrivai, chez la mère Commode
Je mangeai du cheval pour du bœuf à la mode.
Par là fut commencé, par là finit mon tour,
Et quelques mois après vous fêtiez mon retour.

VI

Hélas ! depuis ces jours, non exempts de tempêtes,
Vingt hivers en passant ont neigé sur nos têtes :

Des frères ont payé leur tribut à la mort ;
D'autres ont fait naufrage en arrivant au port ;
Les uns ont embrassé le dur métier des armes ;
Ceux-ci mangent du pain arrosé par les larmes ;
Ceux-là font le commerce, et, sans cesse en émoi,
Pour gagner des écus ne pensent plus à moi.

VII

Et moi, je pense à tous, même à ces cœurs de glace,
Qui pour moi, dans leur cœur, n'ont gardé nulle place.
Oui ! joyeux compagnons, amis des premiers jours,
Je vous suis attaché, je vous aime toujours !
Adieu, frères, adieu, patience et courage ;
Lisez mes faibles vers au retour de l'ouvrage ;
Les applaudissements qui me viendront de vous,
Toujours chers à mon cœur, me seront les plus doux.

COMMENTAIRE

DE LA DIX-SEPTIÈME RÉCRÉATION

—

En dédiant cette pièce à mes amis d'enfance, j'ai tenu à leur prouver que la modeste position de fortune dans laquelle je me trouve, et à laquelle je suis arrivé à force de travail, ne suffirait pas à me justifier à leurs yeux, si j'avais la malencontreuse et sotte prétention de répudier le passé en les oubliant, ou en les dédaignant.

Ce que j'ai dit dans cette pièce, je le répète dans ce commentaire. Oui! j'ai toujours été et je resterai toujours attaché à mes amis d'enfance, à ces bons et laborieux travailleurs avec qui j'ai passé les plus beaux jours de ma vie. J'espère le leur prouver en leur adressant à chacun un exemplaire de mon livre.

———

A MARIA DE B...

DIX-HUITIÈME RÉCRÉATION

—

A MARIA DE B...

———

Maria! vous avez les plus beaux yeux du monde,
Leur orbe est le foyer de deux ardents soleils;
Ils sont brillants et doux, ils sont purs comme l'onde;
On ne vit ici-bas jamais des yeux pareils.

Maria! vous avez la voix douce et sonore,
Vibrante et résonnant comme un timbre argenté ;
Quand vous ne parlez plus on vous écoute encore,
On se croit, près de vous, sur un sol enchanté !

Vous avez la démarche et le port d'une reine,
Et celui qui vous voit pour la première fois
Se demande : Est-ce un ange? Est-ce une souveraine?
On est sûr qu'elle vient d'une race de rois.

Maria! tout en vous est grâce et poésie ;
Votre cœur noble et pur est un miroir ardent
Qui brûle, qui rend fou de douce frénésie,
Qui vous attire à lui, puissant comme l'aimant.

Si les Muses, un jour, noble et charmante femme,
Inspiraient à ma voix des sons dignes de vous,
Je reprendrais ma lyre, et, jusques à votre âme,
Je ferais arriver mes accords les plus doux !

COMMENTAIRE

———

Dans une petite ville du Midi, où j'avais ma résidence et où je ne connaissais encore personne (j'étais arrivé depuis quelques jours seulement), je rencontrai un jour, dans une de mes courses à travers les rues, une jeune personne d'une beauté rare, à la démarche noble et modeste. Elle avait de grands yeux bleus, dont les éclairs scintillaient à travers le voile de dentelle qui les recouvraient ; sa main était blanche comme le lys ; son pied, petit et divinement tourné, semblait avoir été sculpté dans le marbre de Paros par quelque moderne Phidias. A cette rencontre inattendue, je m'arrêtai instantanément pour observer mon inconnue ; elle passa près de moi légère comme une sylphide ; un instant après, elle avait disparu.

Je restai quelques instants comme cloué à la même place : ce que je venais de voir était-ce une réalité, ou bien un rêve ?

Je rentrai immédiatement chez moi, où je trouvai la maîtresse du logis ; je lui fis part de la rencontre que je venais de faire. Après lui avoir fait la description de mon inconnue, elle m'apprit le nom de la personne, et m'assura que ce que j'avais vu n'était pas l'effet d'un rêve, et que la femme que j'avais rencontrée existait bien réellement.

C'est la personne la plus jolie de la ville, me dit mon hôtesse ; son mari occupe des fonctions administratives. Vous connaissez M. D...; faites-vous présenter, et vous serez reçu avec bienveillance, soyez-en persuadé.

Le soir même j'étais introduit et reçu avec les plus grands égards chez Mme B...Je fréquentai longtemps le salon de cette femme charmante. Là, se réunissaient, tous les soirs, une société choisie, gaie et spirituelle. Un jour elle me demanda des vers, je m'excusai sur la faiblesse de ma muse ; elle insista, je n'eus qu'à obéir.

Le lendemain, je lui remis les strophes qu'on vient de lire. Voici le devoir que vous m'aviez imposé, lui dis-je en les lui présentant ; voyez si l'élève a réussi à contenter les désirs du maître. Elle sourit coquettement, et me dit qu'elle était disposée à m'imposer une punition semblable, toutes les fois que je ne serais pas sage. Ordonnez, lui répondis-je; on est toujours heureux de vous obéir et de vous être agréable.

A MADEMOISELLE ÉLISA C...

DIX-NEUVIÈME RÉCRÉATION

—

A MADEMOISELLE ÉLISA C...

———

Autrefois, Élisa, dans ma ville natale,
Vivait près de mon nid, ô souvenir bien doux !
Une jeune beauté sur terre sans égale,
Car elle était charmante et belle comme vous !

Elle avait de beaux yeux, brillants comme les vôtres,
Sa présence aussitôt en imposait à tous ;
Elle nous rendait fous les uns après les autres,
Elle était adorable et douce comme vous !

Sa voix comme la vôtre était harmonieuse,
Son front semblait bruni par le ciel andalou ;
Tout en elle annonçait la vierge glorieuse,
Car elle était alors heureuse comme vous !

Antonia ! c'était le nom de mon idole,
J'en étais à la fois orgueilleux et jaloux ;
Elle était mon seul dieu, ma vie et ma parole ;
Antonia ! c'était un ange comme vous !

Mais à seize ans, hélas ! pauvre fleur pâlissante,
La mort, l'affreuse mort la sépara de nous !
Vous êtes, Élisa, son image vivante,
Et mon ange gardien, après elle, c'est vous !

Comme elle vous serez et généreuse et bonne,
Silence !... laissez-moi vous le dire à genoux.
Gardez bien mon secret sans le dire à personne :
Avant elle, Élisa, je n'eusse aimé que vous !

18

COMMENTAIRE

DE LA DIX-NEUVIÈME RÉCRÉATION

———

Je rencontrais souvent à la promenade une belle jeune fille, dont la grâce et la mise simple m'enchantaient. Un jour, je me trouvai en songe face à face avec elle ; je lui fis part du sentiment que j'éprouvais. Elle me répondit avec grâce et bienveillance. Je m'éveillai au moment où elle se disposait à suivre sa mère qui l'accompagnait.

Je pris le crayon et j'écrivis dans mon lit les strophes de cette pièce. J'ai revu depuis cette charmante personne, mais je ne lui ai jamais parlé. Elle n'a point lu mes vers, elle ne les lira probablement pas ; ou bien, si elle les lit, rien ne pourra lui faire supposer que c'est pour elle qu'ils ont été écrits.

———

BÉDARIEUX

VINGTIÈME RÉCRÉATION

—

BÉDARIEUX

—

A MON AMI RIVEZ

—

Voyez, entre ces monts recouverts de verdure,
N'apercevez-vous pas, près du flot qui murmure,
Sur les rives de l'Orb ces toits mystérieux,
Ces jardins suspendus aux versants des collines,
Ces ruisseaux serpentant dans le fond des ravines ?
Sous ce ciel azuré se cache Bédarieux.

18.

Salut! jeune cité, calme et silencieuse,
Salut! riant pays, villa délicieuse,
Salut! bons habitants, votre terre me plut!
A vous, qui vous cachez, jeunes vierges timides,
A vous, dont j'aime tant les prunelles humides,
A vous, jeunes beautés, à vous aussi, salut!

Salut! riants coteaux, verdoyantes prairies,
Salut! vallons charmants et montagnes fleuries,
Laissez-moi vous chanter et vivre près de vous;
Car j'aime vos rochers, leurs cimes granitiques,
Ces crevasses sans fond et les roches antiques
Des marbres calcinés aux crêtes do Caroux.

Au commerce, au travail, aux puissantes machines,
A votre peuple, enfin, innombrables usines,
Au patron généreux, à l'honnête ouvrier,
Aux hommes de talent, au filateur habile,
A tout ce que de grand possède votre ville,
A vous, amis, salut! Puis-je vous oublier?...

Descends pour m'inspirer, ange de poésie;
A chanter désormais je veux passer ma vie;
Peuple ami, votre Dieu, c'est mon Dieu, c'est ma foi!
Devant lui j'aime à voir vos vierges en extase,
Psalmodiant en chœur, sous leur voile de gaze,
Les hymnes et les chants de la céleste loi.

Et vous, faibles échos de ma muse discrète,
Répétez tour à tour les accords du poète;
Renvoyez ses accents aux sites d'alentour.
Et vous, petits oiseaux, joyeuse multitude,
Ne vous alarmez pas; dans votre solitude
Restez, ne craignez pas les serres du vautour.

COMMENTAIRE

DE LA VINGTIÈME RÉCRÉATION

—

C'est à vous, mon cher Rivez, que je dédie cette poésie ; acceptez-la comme un gage d'amitié. Notre ami commun, Ferdinand Fabre, vous a remercié déjà, dans la belle préface qu'il a bien voulu écrire pour mes *Récréations*, des paroles chaudes et encourageantes que vous m'avez plusieurs fois adressées, dans des moments d'abattement; laissez-moi, à mon tour, vous dire merci. L'amitié, cher, aide à supporter bien des amertumes. Que de fois vous m'avez relevé quand j'étais triste et découragé! Encore une fois, merci à vous!

Vous souvenez-vous, ami, de cette promenade que nous fîmes par un beau soir d'été? Ferdinand était avec nous. Longtemps nous marchâmes silencieux ; tout à coup notre ami prit la parole, et avec cette volubilité qui lui est ordinaire quand l'enthousiasme poétique le possède, il nous récita des vers d'Hugo, de Goudall, de lui et même de moi. N'avez-vous rien oublié de cette soirée? Oh! je l'ai encore tout entière dans le cœur. Il vous parla plusieurs fois de vos travaux historiques; et moi qui connaissais plusieurs frag-

ments de votre *Histoire de Bédarieux*, je vous engageai
à publier au plus vite votre œuvre. Allons, allons, suivez
mon exemple ; le moment est venu où chaque homme doit
donner à ses frères le peu de lumière qu'il a reçu. Courage,
Rivez, ne vous effrayez pas des murmures des sots. Les
impuissants ont eu toujours des dents pour mordre ; moi-
même, tout chétif, je suis couvert de leur morsures, mais
ces morsures, loin de m'abattre, me donnent de la force ;
elles me prouvent qu'il y a quelque chose en moi, puisqu'on
veut bien me jalouser.

Vous qui avez l'âme énergique, le caractère fort et droit ;
vous qui, de plus, avez le cœur ouvert à tout ce qui est
noble et beau ; vous, enfin, qui êtes l'ami de Ferdinand, et,
j'ose dire, le mien, dans le vrai sens que La Bruyère donne
à ce mot, marchez; publiez, et dites comme Ferdinand quand
il s'amuse, ce qui ne lui arrive guère : « *Il faut qu'un
homme d'esprit sache faire enrager les sots, c'est son
devoir, c'est sa mission !* »

LE PRISONNIER D'ÉTAT

—

LE PRISONNIER D'ÉTAT

MONOLOGUE TIRÉ DES PRISONS DE SILVIO PELLICO

—

A MON AMI FERDINAND FABRE

———

Le théâtre représente un cachot de la prison de Spielberg.
Au fond un eporte rustique; à gauche une petite fenêtre grillée;
au milieu de la prison et sur l'avant-scène sera établi un pilori,
où le prisonnier sera attaché au moyen d'une chaîne fixée à la
jambe droite.

Au lever du rideau, un homme aux cheveux blancs, portant
le costume des prisonniers italiens, paraît étendu sur un
grabat ; à sa droite est placée une cruche en terre, à sa gauche
un escabeau en bois.

19

PERSONNAGES

——◦◦◦◦◦——

SILVIO PELLICO, prisonnier d'État.
GIOVOMMI, ami de Silvio.
UN GEOLIER.
UN PRISONNIER, voisin de Silvio.

SCÈNE PREMIÈRE

—

SILVIO ET LE GEOLIER.

Le geôlier entre tenant un bougeoir d'une main et une gamelle en terre de l'autre ; il dépose la gamelle sur l'escabeau placé près de Silvio, et s'en va.

SILVIO, le rappelant.

Eh ! geôlier, quelle heure, s'il vous plaît ?

LE GEOLIER.

Dix heures sonnent au beffroi de la prison. (Il sort.)

L'horloge frappe dix coups.

On entend aussitôt à l'extérieur de la prison de Silvio, un prisonnier chanter d'une voix faible la romance suivante :

PREMIER COUPLET.

Toi qui répands la vie et la lumière,
Sur ce que Dieu fit éclore ici-bas,
O beau soleil, jusques à ma litière,
Dis-moi pourquoi tu ne pénètres pas?

Silvio se soulève et écoute.

DEUXIÈME COUPLET.

Depuis trois ans, à ma sombre fenêtre,
Je cherche à voir ton disque radieux;
Jamais, hélas! je ne te vois paraître,
Et je ne puis m'échauffer à tes feux!

SILVIO.

D'où vient cette voix?

La voix reprend:

TROISIÈME COUPLET.

Demain! ce mot qui soulage et console...
Lorsque ces murs me barrent le chemin,
Et que vers Dieu ma prière s'envole,
Je dis tout bas : A demain! à demain!

SILVIO.

Je reconnais cette voix !
La voix reprend :

QUATRIÈME COUPLET.

Pour m'arracher à ma longue souffrance,
Venez, Seigneur, me prendre par la main.
Jour fortuné, jour de la délivrance,
Viens ! je t'attends : A demain ! à demain !
Silvio écoute, toujours assis sur les genoux.

CINQUIÈME COUPLET.

Pauvres amis, nobles cœurs, âmes fortes,
Qui du malheur mangez aussi le pain,
De nos prisons quand s'ouvriront les portes,
Embrassons-nous en disant : A demain !

SILVIO.

C'est quelque malheureux comme moi !... Il espère
au moins, lui... Moi je n'espère plus ! La mort est là !..
Il se tait un instant.

10.

SCÈNE DEUXIÈME.

—

SILVIO.

Dans ce cachot affreux où, d'année en année,
S'accomplit lentement ma triste destinée,
Où ma raison s'égare à force de souffrir,
Où je dois vivre seul et peut-être mourir,
Étendu nuit et jour sur les dalles humides,
Je lis, avec horreur, sur ces murs homicides,
Les noms des malheureux dont la fatalité
Établit entre nous l'horrible égalité!
Alors, comme le fleuve arrêté dans sa course,
Mon sang en bouillonnant remonte vers sa source,
Et je sens aussitôt mes membres engourdis
Secouer les anneaux des fers que je maudis!
Sur mon grabat abject je m'agite avec rage;
Alors, le désespoir ranimant mon courage,
J'appelle du secours !... un silence profond
Enveloppe ces lieux et rien ne me répond.

Ces murs épais et noirs étouffent l'agonie ;
Rien n'adoucit ici mes heures d'insomnie.
Viens, ô mort, m'arracher à ma longue prison ;
Bourreaux, accourez-tous... du poison !.. du poison !...
Tyrans, qui vous cachez derrière ces murailles,
Venez boire mon sang, fouiller dans mes entrailles,
Insulter à ma mort par un rire moqueur,
Enfoncer, jusqu'au bout, le poignard dans mon cœur ;
Venez ! ne craignez pas, frappez votre victime,
Ces murs ne diront rien de votre infâme crime.

*Il s'arrête, ayant entendu du bruit à la fenêtre grillée ; il
écoute, puis il reprend :*

Du bruit ! mais on me parle à travers ces barreaux ;
On approche !... Seigneur, seraient-ce les bourreaux ?
Viennent-ils m'attacher au gibet d'infamie ;
Ou vais-je être sauvé par quelque main amie ?
Est-ce un prêtre qui vient m'exhorter en ce lieu
A mourir en chrétien ?... Qu'est-ce donc, ô mon Dieu ?
Oh ! quand donc finira cette cruelle attente,
Dont le lugubre aspect me glace d'épouvante ?
Il me semble les voir !... Ils entrent... ce sont eux !
Le doute ! quel tourment !... Ah ! quel instant affreux !

SCÈNE TROISIÈME

—

GIOVOMMI ET SILVIO.

Giovommi paraît en dehors de la fenêtre grillée ; on l'aperçoit à travers les barreaux ; il appelle Silvio.

SILVIO. (Il se lève, il écoute, puis il reprend à demi-voix.)

On m'appelle... Approchons près de cette fenêtre ;
Quelqu'un veut donc me voir et me sauver peut-être.
Rêves-tu, Silvio, n'es-tu pas endormi ?
Cette voix, est-ce bien la voix de quelque ami ?

Il se lève debout avec peine regardant autour de lui ; puis il se dirige du côté de la fenêtre. Il écoute.

SCÈNE QUATRIÈME

—

GIOVOMMI.

Silvio ! tout est prêt pour ta fuite prochaine ;
Demain, plus de prison; oui, demain, plus de chaîne !

Nos frères dispersés ont reformé leur rangs,
Et leurs bras sont levés pour frapper les tyrans !
Ah ! demain , Silvio , si le bon droit succombe ,
Tes amis, avec toi, descendront dans la tombe ;
Mais en tombant, trahis par le dieu des combats,
Ils sauront tous mourir en glorieux soldats !

Giovommi disparaît ; Silvio reprend, en passant la main sur son front :

SCÈNE CINQUIÈME

—

SILVIO.

Quel peut être celui qui vient, dans ma souffrance ,
Faire luire à mes yeux un rayon d'espérance ?
Si j'avais pu le voir et distinguer ses traits,
Comme un noble coursier qui soudain rompt ses traits,
J'aurais brisé mes liens pour voir son doux visage.

Il met la main sur son cœur.

Mais je conserve là son noble et beau langage,

Et, dans l'obscurité, si je n'ai pu le voir,
J'ai gravé dans mon cœur ses paroles d'espoir ;
Et je ne souffre plus depuis que sa parole
A prononcé tout bas un mot qui me console ;
Il me semble déjà voir s'ouvrir le chemin
Que, pour sortir d'ici, je dois suivre demain.

Silvio semble réfléchir; puis il reprend :

Allons, préparons-nous à quitter tout à l'heure,
Après trois ans de deuil, cette affreuse demeure ;
Échangeons au plus tôt, en secret et sans bruit,
Les fers du prisonnier pour l'exil du proscrit.
Dépouillons sur-le-champ ce vêtement infâme
Dont les sombres couleurs vont si mal à mon âme ;
Laissons tomber, enfin, ces exécrables fers
Dont les anneaux rouillés m'ont labouré les chairs.
O sainte Liberté, déesse tutélaire,
Toi, dont le nom béni dans le ciel et sur terre,
Est le dernier espoir des peuples malheureux
Et fait battre ici-bas tous les cœurs généreux,
Salut ! fille du ciel ; comme l'airain qui vibre,
Ta voix résonne en moi !... je vais donc être libre !

Et je pourrai, demain, aussitôt mon réveil,
Aller me réchauffer aux rayons du soleil ;
Sortir de ce tombeau, quitter ces murs de glace,
Et parmi les vivants reprendre enfin ma place ;
Au banquet de la vie où je fus invité,
M'asseoir et respirer en toute liberté ;
A la voûte des cieux voir briller les étoiles ;
Sur l'immense Océan voguer à pleines voiles,
Sans rencontrer partout les yeux d'un alguazil ;
Pour venger mon pays reprendre le fusil ;
Combattre l'ennemi, puis, après la victoire,
Sur le champ de l'honneur tomber couvert de gloire,
Et sur de beaux lauriers après m'être endormi,
Mourir en triomphant dans les bras d'un ami !

SCÈNE SIXIÈME

—

Le geôlier entre, prend la cruche placée près de l'escabeau, et sort.

SILVIO.

Encore ce geôlier... Oh ! ma tête s'égare ;
Pauvre fou, j'oubliais tout ce qui me sépare
De ce bel avenir que je viens de rêver,
Car, d'ici, qui pourrait songer à m'enlever ?
Mes frères ?... ils sont morts, mes amis sont en fuite,
Et les limiers des czars lancés à leur poursuite,
Les ont suivis de près au bout de l'univers.
Le plus grand nombre, hélas ! achève dans les fers,
Au fond d'un noir cachot ou dans quelque bastille,
Des jours empoisonnés, tandis qu'au dehors brille
Un astre qui répand la vie autour de nous,
Et que dans sa bonté Dieu fait lever pour tous !
Et que puis-je d'ailleurs, moi, si l'on me délivre?
Un vieillard qui n'a plus que quelques jours à vivre,

A qui l'on dit : Va-t'en! comme par charité,
Est-il donc bien à craindre? O pauvre humanité!
Le sage qui de près t'observe et t'étudie,
Détourne ses regards s'il ne te répudie.
Combien de malheureux, proscrits, abandonnés,
Qui voudraient, comme moi, ne jamais être nés!
Tous les partis ont eu de très-zélés apôtres,
Ils se sont tour à tour proscrits les uns les autres,
Et l'on vit, en un jour, des hommes odieux,
Du soir au lendemain adorer tous les dieux!
Ceux-là ne valent pas la peine qu'on les nomme;
Je voudrais... Mais, hélas! je ne suis plus un homme;
Depuis longtemps, mon Dieu! mes genoux ont fléchi,
Et dans cette prison mes cheveux ont blanchi!
Mais à vous, nobles cœurs, le soin de la vengeance;
Vous à qui Dieu donna jeunesse, intelligence.
Quand l'heure sonnera, montez avec fierté
Sur l'autel du martyre et de la Liberté ! ! !...

   Il tombe à genoux; le rideau se baisse.

20

COMMENTAIRE

A Monsieur Ferdinand FABRE.

MON CHER FERDINAND,

Je n'ai qu'un regret, en terminant mon livre, c'est de ne pas y trouver une poésie digne de vous être dédiée. Je les ai parcourues toutes l'une après l'autre, et me voilà arrivé à la dernière sans avoir découvert ce que je cherchais. A vous, qui avez un goût si délicat, si exquis pour savourer les beaux vers, j'aurais voulu offrir la plus jolie fleur de mon bouquet poétique; mais je crains bien, hélas! que ces pauvres fleurs tant aimées ne soient déjà flétries avant d'avoir vu le soleil de la publicité. Quoi qu'il en soit de mes rimes, je n'ose dire de mes vers, je mets pour le moment toute vanité d'auteur de côté, et l'ami, l'ami sincère et dévoué que vous avez bien voulu encourager dans sa voie, vous prie d'accepter la dédicace du *Prisonnier d'État*. Que voulez-vous, cher ? je vous donne ce que je puis : c'est le denier de la veuve.

En me parlant un jour de drame, de comédie, de théâtre enfin, vous me disiez :

« Il faut écrire pour la scène, l'avenir est là ! La vie
» devient tellement rapide, les faits la précipitent si vive-
» ment, que les peuples n'ont guère plus le temps de lire,
» à peine s'ils ont une minute pour voir. Eh bien ! profi-
» tons de cette minute, puisqu'ils n'ont qu'une minute
» d'attention à nous donner; ne nous perdons pas dans
» l'analyse du roman : là il faut créer l'homme peu à peu ;
» présentons-leur des hommes tout faits, puisqu'ils n'ont
» pas le temps d'attendre. *Prométhée, OEdipe, Hamlet,*
» *Cid, Tartufe,* intéressent tout d'abord. Je sais que
» c'est le privilége du génie de produire ces sublimes créa-
» tions. Sondons-nous alors nous-mêmes et voyons, comme
» dit Horace, ce que nos épaules peuvent porter. Si nous
» ne découvrons pas dans quelque coin de notre tête ou
» de notre cœur une grande force, nos œuvres sont desti-
» nées à périr. Boccace disait de Dante : *Les vers de cet*
» *homme se tiennent debout.* Si nous n'avons pas en nous
» un peu de cette puissance qui fait qu'une œuvre peut,
» elle aussi, se tenir debout, il ne nous reste qu'à nous
» coucher sur le ventre, à faire notre digestion le plus com-
» modément possible, et à mourir : nous n'étions pas nés
» pour vivre !... »

Vous parlâtes ainsi longtemps; puis, quand vous arri-
vâtes à vos travaux, que vous me donnâtes comme bien faibles, bien au-dessous de ce que vous aviez conçu, vous
devîntes tout à coup triste, et je ne vous arrachai plus
une parole.

C'est après cet entretien, terminé d'une façon si brus-
que, que, relisant toujours mon œuvre très-infime pour
y chercher une poésie à vous dédier, je tombai sur le
Prisonnier d'État. C'était presque du théâtre, et j'écrivis
votre nom en tête de ma pièce. M'en voudrez-vous?

Au reste, ami, il n'appartient pas à moi de vous encourager. D'autres hommes vous ont dit de marcher vers le
grand but que doit atteindre toute intelligence d'élite;
seulement, si vous le permettez, je joindrai ma voix à
toutes ces voix qui vous ont dit d'aller en avant, et je vous
répéterai avec elles, que lorsqu'on a écrit un volume de
vers comme les *Feuilles de Lierre*, et qu'on est en train
d'écrire un volume de prose comme *Étienne Thibouils*, on
n'a pas le droit de douter de l'avenir : on est sûr de l'avenir.

TABLE DES MATIÈRES

20.

LIBRAIRIE
De J.-P. Audibert, à Bédarieux
—

EN VENTE
Les Feuilles de Lierre
par M. FERDINAND FABRE.
1 volume in-18, Charpentier, Palais-Royal. 1853.
PRIX 3 FR. 50 C.

Le succès des *Feuilles de Lierre* n'est plus douteux. En quelques mois, l'édition entière a été épuisée. L'auteur nous ayant livré les derniers exemplaires qui restent, nous nous hâtons de l'annoncer au public comme une bonne fortune. Sa Majesté l'Impératrice, qui aime tant à patronner les lettres, a bien voulu accorder à M. Ferdinand Fabre une médaille d'honneur, et la presse de Paris et des départements a été unanime à applaudir l'œuvre de notre compatriote.

Nous citons quelques fragments des principaux journaux qui se sont occupés des *Feuilles de Lierre :*

I

Extrait d'une *lettre* de M. le comte de Salvandy, membre de l'Académie française, ancien ministre de l'Instruction publique, adressée à Madame la marquise de L..., le 28 mars 1853.

« Ce recueil (les *Feuilles de Lierre*) est très-remarquable. Il y a des beautés de premier ordre ; le vers est

248

naturellement élevé, généralement franc et facile. Celui
qui a écrit ces belles et bonnes pages, débute mieux que la
plupart de ceux qui se font une place dans l'avenir. Il serait
déplorable qu'il fît fausse route ; qu'il se laissât aller à la littérature vulgaire, burlesque et fausse de notre temps, quand
il a en lui, pour les idées et le style les vrais essors ; qu'il
écrivît pour les *sots bourgeois* qu'il raille, quand il ne
sent ni ne pense comme eux, et qu'il sait qu'il parle admirablement, lorsqu'il veut, la langue des grands poètes, des
grands siècles et des grandes idées.

» SALVANDY. »

II

Extrait de l'*Assemblée nationale* du 2 juillet 1853 :

« Chez M. Ferdinand Fabre, l'inspiration, bien que jeune
et fraîche, est toujours grave. Le titre de son recueil : *Les
Feuilles de Lierre*, m'a fait d'abord songer à Horace :
Hedere doctorum præmia frontium. Son œuvre est très-
remarquable, et sera chère à tous les amants de la nature
vraie et de la poésie sincère.

» Armand de PONTMARTIN. »

III

Du *Journal des Débats* du 14 mai :

« Sous ce simple titre, *Feuilles de Lierre*, il vient de
paraître un volume de vers dont l'auteur est M. Ferdinand
Fabre. C'est l'œuvre d'un jeune et nouveau poète qui
promet beaucoup. Il y a dans les poésies de M. Fabre une
élévation et une distinction remarquables, et on peut si-
gnaler ce début comme des plus brillants et des plus heureux.

» J. LEMOINE. »

IV

De la *Gazette de France* du 11 juin :

« M. Ferdinand Fabre est un poète, un véritable, au milieu de tant d'avortons difformes que le désir de la poésie fait éclore aujourd'hui. Il y a dans ses vers la force, la grandeur, la tendresse, l'émotion que permettent ces noms imposants : jeunesse, nouveauté, verdeur! Avec quel bonheur nous avons retrouvé là toutes les muses antiques, y ajoutant l'amour, l'amitié, l'illusion, la foi, toutes les vertus, toutes les passions, tous les sentiments, toutes les espérances.

» La poésie est là dans tous ses éléments, nous l'avons reconnu avec enthousiasme, et dégagée des infirmités nouvelles que lui ont apportées les singes de la poésie, débarbouillée de tout le fard, le blanc et le bleu, dont on l'a grimée. » Ulric GUTTINGUER. »

V

De la *Revue de Paris* du 1er juillet :

« M. Fabre appartient à une génération nouvelle. Les amis auxquels il dédie ses vers, musiciens, poètes, entrent avec lui dans la carrière. On sent là un cénacle où chacun apporte ses confidences, où l'on chante ses tristesses et ses amours. De ce nid de la saison, M. Fabre est le premier qui prend son vol; prêtons-lui une branche hospitalière. Il se trouve de très-beaux vers dans le volume de M. Fabre. » Laurent PICHAT. »

VI

De l'*Artiste* du 1er juin :

« Quoique tout nouveau dans l'art et vraisemblablement à son début, M. Ferdinand Fabre, l'auteur des *Feuilles*

250

de Lierre, est déjà rompu à toutes les difficultés du rhythme. De brillantes qualités de forme, un vers solide, franc et bien assis, un certain souffle dans la disposition des strophes et, avec tout cela, une ardente sympathie vers les rares et bonnes choses qui restent encore en ce monde, voilà ce que nous avons trouvé dans les *Feuilles de Lierre.*

                                        «Philoxène BOYER.»

VII

De l'*Illustration* du 9 juillet :

« Il y a de la grâce et de l'esprit mêlés d'un peu trop de persiflage dans le volume de M. Ferdinand Fabre. Il me semble que le poète pèche par trop de facilité, riche défaut, mais dont il faut se corriger. Quant au fond, j'en suis garant ; il est bon et noble, et je n'en veux d'autre preuve que la remarquable pièce intitulée : *Amnistie.*

                                        » Félix MORNAND.»

VIII

Du journal *Paris* du 25 mai :

« Voici un poète très-distingué assurément, et qui parle déjà en maître la belle langue de la poésie. Il a le feu sacré, l'enthousiasme, la voix harmonieuse, l'amour de l'amour, et même il possède un peu de cette raison élégante qui est la gloire de toutes les écoles françaises. Son inspiration est franche, naïve, hardiment jeune et généreuse ; sa versification souple, facile, adroite, sans escamotage et sans effets grossiers ; enfin, tout le livre est plein de bon air et de bon soleil, et l'on peut admirer, sans être froissé par les violences et les forfanteries qui déparent trop souvent les heureuses pages de la vingtième année.

                                        » Théodore de BANVILLE.»

IX

De l'*Éclair* du 2 avril :

« M. Ferdinand Fabre fait de fort beaux vers, des vers où l'on ne remarque pas seulement de beaux mots, mais aussi de belles, grandes et nobles idées. Le talent de M. Fabre a beaucoup de flexibilité ; et alléché par quelques strophes, j'ai lu tout le volume avec bonheur.

> » Comte de Villedieu. »

X

Du *Divan* du 3 avril :

« J'ouvris le livre de M. Fabre à la préface, et je me mis à lire, me jurant bien de ne pas poursuivre davantage si elle ne me promettait beaucoup. Et j'ai lu : il y régnait un si doux parfum de modestie, que le désir me prit de continuer ; si bien que je ne laissai tomber le volume qu'à la dernière page. On sent courir dans ces vers un doux frémissement de feuilles et de senteurs de la campagne, et je vous conseille fort, chers lecteurs, de parcourir ce charmant volume, les *Feuilles de Lierre*, et d'en respirer le parfum.   » Henry de Warens. »

XI

Du *Monde artistique et littéraire* du 28 avril :

« On sent la vie dans ces vers de M. Fabre, qui nous émeuvent doucement ; c'est que le poète peint ce qu'il éprouve, c'est qu'il écrit comme il pense et traduit les impressions de son cœur. Les *Feuilles de Lierre* sont un bon livre faisant honneur au talent de l'auteur, arrivé dans l'arène poétique avec un bagage littéraire d'un mérite incon-

testable, et plus complet que n'a l'habitude de l'être le début
d'un jeune poète.   » Jules LENOIR. »

XII

Du *Constitutionnel* du 23 avril 1854 :

« M. Ferdinand Fabre se tressait l'an passé, de ses propres mains, une couronne de lierre comme un Bacchus
indien. Je ne parlai pas beaucoup de cette couronne, mais
je n'avais pas oublié cette *Feuille de Lierre*, un peu sombre
en sa couleur vivace, mais pl   -   l'arome et d'un parfum
mordant.   » Louis ENAULT. »

XIII

Du *Messager du Midi* du 10 mai 1853 :

« L'opinion littéraire s'est émue de ce volume, d'où la
sève et la jeunesse débordent ; et, devançant les jugements
de la critique et des journaux, deux feuilles importantes,
le *Siècle* et l'*Éclair*, ont déjà signalé l'élévation de pensée
et la science de facture dont chaque page des *Feuilles de
Lierre* donne une preuve éclatante.

                         » Louis GOUDALL. »

XIV

De l'*Écho de Lodève* du 3 avril :

« L'œuvre de M. Fabre est, par la diversité des sujets et la
variété du rhythme, une sorte de marqueterie poétique,
composée de fleurs de toute espèce et de toute nuance, et
chaque lecteur peut à son gré, suivant ses goûts ou ses ca-
prices, choisir la fleur qu'il préfère et en respirer le parfum.

                                » RIVEZ. »

XV

De la *Revue de Saint-Pons* du 5 juin :

« Ce qui nous charme avant tout, dans cette vigoureuse et juvénile poésie de M. Ferdinand Fabre, ce n'est pas seulement la franchise des émotions, l'épanouissement printanier d'une belle âme de vingt ans, la jeunesse, en un mot, la robuste jeunesse qui circule et bout comme une sève d'avril dans ce charmant volume en fleur ; ce qui nous entraîne, ce qui nous émeut comme une bonne action, c'est la conscience qui dirige le poète dans son œuvre, c'est ce fier sentiment qu'il possède de sa mission.

» Joseph BOULMIER. »

XVI

De l'*Yonne* du mois de décembre 1853 :

« Les harmonies de la nature et l'enthousiasme qu'excite le souvenir des grandes âmes, n'ont pas épuisé chez M. Fabre la veine de l'inspiration lyrique : l'*Amour* en a tiré des accents d'une pénétrante mélancolie. Dans la *Douleur du poète* l'on sent vibrer la corde intime ; l'homme même s'y montre dans toute la sérénité de la passion et de la douleur.

» René POTTIER. »

Il serait trop long de citer, encore le *Siècle*, le *Pays*, la *Revue des Deux-Mondes ;* qu'il nous suffise de dire, en terminant, que les articles de ces journaux sont aussi élogieux que les précédents.   J.-P. AUDIBERT.

NOTICE

SUR

M. MIQUEL, Curé-Doyen de Bédarieux

Par M. RIVEZ FILS, avocat.

Broch. in 8° ; PRIX : 1 F.

Malgré le succès de cette intéressante biographie, comme il nous en reste encore quelques exemplaires, nous n'hésitons pas à faire connaître ici l'opinion de la presse Bitteroise sur le travail si remarquable d'impartialité de M. Rivez.

« Il vient de paraître une Notice biographique sur M. Miquel, curé de Bédarieux, par M. Rivez fils, avocat. Nous recommandons cette œuvre à nos lecteurs, autant pour honorer la mémoire d'un prêtre vénérable qui reçut le jour dans nos murs, que pour rendre hommage au talent de l'auteur. C'est bien le cas de dire que nous ne savons lequel des deux nous devons féliciter, ou M. Miquel d'avoir eu pour panégyriste un homme d'un mérite incontesté, ou M. Rivez d'avoir eu à louer un prêtre dont la population de Bédarieux bénit la mémoire. Cet opuscule nous paraît destiné, non-seulement à perpétuer le souvenir du pasteur vénéré dont il retrace la vie, mais encore à produire quelque bien dans la société, par les pages éminemment philanthropiques dont il est assaisonné. » L'abbé C.....

(*Journal de Béziers*, du 8 juillet 1858.)

Livres de Piété

RELIURE SIMPLE ET DE LUXE

COLLECTION D'OUVRAGES D'ÉDUCATION

ARTICLES DE PAPETERIE ET FOURNITURES DE BUREAU, ETC.

———

Je me charge aussi de tous les travaux de Typographie et
de Lithographie, dont l'exécution est confiée aux soins de

M. BOEHM, de Montpellier.

J.-P. AUDIBERT.

———

ERRATA.

Page 32, ligne 17, au lieu de : cou.   *lisez* col.
— 44, — 9, —   les mots, — les notes
— 102, — 7, —   ses replis, — ses plis.
— 216, — 9, —   andalou, — andalous.

COMMENTAIR

La ville de Nimes est connue dans le monde artistique, à cause de sa grande antiquité et de la parfaite conservation de ses monuments. Là, en effet, se trouvent répétés sur une petite mais délicate échelle, les chefs-d'œuvre de la métropole romaine. Les habitants ont conservé l'amour du beau et de l'antique, et les arts y sont aussi florissants qu'aux temps d'Auguste et d'Antonin-Pie. Nimes est la ville des artistes, des archéologues et des poètes.

J'ai visité cette ville plusieurs fois, je l'ai même habitée, et, à chaque visite, je n'ai jamais pu me lasser d'admirer ses monuments, d'une grandeur et d'une majesté imposante. Je composai cette ode sur les lieux mêmes, et je l'envoyai à M. Reboul, qui m'écrivit la lettre suivante :

Montpellier, Typ. de BOEHM.

www.ingramcontent.com/pod-product-compliance
Lightning Source LLC
Chambersburg PA
CBHW070459030726
47503CB00004B/1102